10
18

12, AVENUE D'ITALIE. PARIS XIIIe

Sur l'auteur

Les Foudroyés est le premier roman de Paul Harding. Publié aux États-Unis à 3 500 exemplaires par une petite maison d'édition, il a reçu le prix Pulitzer 2010.

PAUL HARDING

LES FOUDROYÉS

Traduit de l'anglais (États-Unis)
par Pierre Demarty

10/18

CHERCHE MIDI/LOT 49

Titre original :
Tinkers

ISBN 978-2-264-05458-6

Pour Meg,
Samuel et Benjamin

1

George Washington Crosby se mit à avoir des hallucinations huit jours avant de mourir. Du lit médicalisé de location installé au centre de son salon, il vit des insectes entrer et sortir à toute vitesse par des fissures imaginaires dans le plâtre du plafond. Les carreaux des fenêtres, jadis découpés et polis à la perfection, se décrochaient dans leurs châssis. À la moindre bourrasque, ils bascuIeraient et iraient se fracasser sur la tête des membres de sa famille assis sur le canapé, la causeuse et les chaises de cuisine que sa femme avait apportées pour que tous puissent prendre place. Le déluge de vitres explosées les chasserait de la pièce, ses petits-enfants venus du Kansas, d'Atlanta, de Seattle, sa sœur venue de Floride, et il se retrouverait naufragé sur son propre lit, englouti dans une tranchée d'éclats de verre. Le pollen et les passereaux, la pluie et les écureuils intrépides qu'il avait passé la moitié de sa vie à tenir éloignés des mangeoires pour oiseaux entreraient en trombe dans la maison.

Il avait construit la maison de ses propres mains – coulé les fondations, hissé la charpente, raccordé la tuyauterie, installé les circuits électriques, plâtré les murs et peint les pièces. Un jour, il fut frappé par la foudre alors qu'il était dans les fondations encore ouvertes en train de souder le dernier joint du réservoir d'eau chaude. Il fut projeté sur le mur opposé. Il se releva et termina sa soudure. Les fissures dans son plâtre ne demeuraient pas fissures ; les tuyaux bouchés étaient drainés ; le bois qui s'écaillait était décapé et verni d'une couche de peinture neuve.

Allez chercher du plâtre, dit-il, à demi relevé dans le lit, qui avait une allure étrange et cérémonieuse parmi les tapis persans, les meubles coloniaux et les dizaines d'horloges anciennes. Allez chercher du plâtre. Bon Dieu, un peu de plâtre, une poignée de câbles et deux ou trois crochets. Vous en auriez pour cinq billets à tout casser.

Oui, papy, dirent-ils.

Oui, papa. Un courant d'air se glissa par la fenêtre derrière lui et fit le vide dans les têtes épuisées. Dehors, des boules de pétanque s'entrechoquaient sur la pelouse.

À midi, il se retrouva seul quelques instants, tandis que la famille préparait le déjeuner dans la cuisine. Les fissures du plafond s'élargirent en crevasses. Les roues bloquées de son lit s'enfoncèrent dans les failles nouvelles apparues dans le plancher en chêne sous la moquette. D'un instant à l'autre, le sol céderait. Son estomac inutile ferait un bond dans sa poitrine, comme sur un grand 8 de la Foire de Topsfield, et, dans une secousse à vous briser net l'échine, lui et son lit atterriraient au sous-sol, pardessus les décombres broyés de son atelier. George imagina ce qu'il verrait, comme si la chute avait déjà eu lieu : le plafond du salon, haut de deux étages à présent, un puits déchiqueté de lattes de plancher cassées, de tuyaux de cuivre tordus et de fils électriques telles des veines tranchées jaillies des parois et pointées vers lui échoué au centre de ces ruines soudaines. Là-bas dans la cuisine résonnaient des voix, des murmures.

George tourna la tête, dans l'espoir d'apercevoir quelqu'un assis en lisière de son champ de vision, une assiette en carton posée sur les genoux, remplie de salade de pommes de terre et de tranches de rosbif roulées, et à la main une ginger ale dans un gobelet en plastique. Mais le désastre persistait. Il songea bien à appeler, mais les voix de femmes dans la cuisine, et les voix d'hommes dans le jardin, continuaient de bourdonner sans interruption. Il demeura figé sur son tas de ruines, les yeux au plafond.

Le premier étage s'effondra sur lui, avec son bardage en pin inachevé et sa plomberie en cul-de-sac (les tuyaux scellés par des capuchons ne furent jamais raccordés à l'évier et aux toilettes qu'il avait eu autrefois l'intention d'installer), et des penderies entières de vieux manteaux, des caisses pleines de jeux de société oubliés, de puzzles, de jouets cassés, et des valises remplies de photos de famille – certaines si anciennes qu'elles avaient été développées sur des plaques en étain –, tout cela s'écroula dans la cave et sur lui qui ne put même pas lever une main pour se protéger le visage.

Mais il n'était plus guère qu'un spectre, presque fait de rien, si bien que le bois, le métal, les liasses de papiers et de cartes de jeu aux couleurs criardes (AVANCEZ DE SIX CASES JUSQU'À LA RUE DU SANS-SOUCI ! Grande-nanie Noddin, tout en châle et froncements de sourcils, figée devant l'objectif, absurde avec son chapeau chargé de fleurs et de filets évoquant la sépulture de quelque marin), qui en temps normal auraient dû lui pulvériser les os, ne s'abattirent sur lui que pour glisser aussitôt à terre tels des accessoires de cinéma, lui-même et toutes choses réduits à de purs fac-similés de ce qui jadis avait été.

Il demeura ainsi allongé parmi les photos de classe, les vieilles vestes en laine, les outils rouillés et les coupures de presse relatant sa promotion à la tête de la section dessin technique du lycée du coin, puis sa nomination comme conseiller d'études, puis son départ à la retraite et sa reconversion dans le commerce et la réparation des horloges anciennes. Les rouages démantibulés des horloges qu'il avait réparées étaient éparpillés dans le fatras. Il leva les yeux, deux étages plus haut, vers les poutres de soutènement du toit, mises à nu de même que les épaisses bourres d'isolant à revêtement argenté qui s'intercalaient entre elles. L'un ou l'autre de ses petits-enfants (*lequel ?*) les avait fixées à l'agrafeuse des années auparavant, et deux ou trois bandelettes s'étaient détachées à présent, pendouillant du toit comme des langues roses et laineuses.

Le toit s'effondra, déclenchant une nouvelle avalanche de bois et de clous, de papier goudronné, de bardeaux et d'isolant. Le ciel apparut, peuplé de nuages aplatis croisant dans le bleu telle une flotte d'enclumes. George ressentit la même impression vaseuse que l'on éprouve à sortir dehors quand on est malade. Les nuages s'immobilisèrent, observèrent une courte pause, puis dégringolèrent sur sa tête.

Vint ensuite le bleu du ciel, aspiré des nues jusque dans ces entrailles de béton encombrées. Puis les étoiles tombèrent à leur tour, carillonnant tout autour de lui comme si les cieux en s'ébrouant se défaisaient de leurs parures. Enfin, le noir firmament lui-même se décrocha et vint tel un voile recouvrir tout entier le tas de décombres, escamotant l'anéantissement confus de George.

Près de soixante-dix ans avant que George ne meure, son père, Howard Aaron Crosby, gagnait sa vie en conduisant une carriole. C'était une carriole en bois. C'était une commode à tiroirs montée sur deux essieux et des roues à rayons en bois. Il y avait des dizaines de tiroirs, qu'on ouvrait en crochetant du doigt un anneau en laiton incrusté, et qui contenaient des brosses et de la cire à bois, de la poudre dentifrice et des bas de laine, du savon à raser et des rasoirs à manche. Dans d'autres tiroirs on trouvait du cirage et des lacets de bottes, des manches à balai et des serpillières. Un tiroir secret renfermait quatre bouteilles de whisky. Son parcours habituel l'emmenait sur les chemins de traverse, des sentes de terre s'enfonçant au plus profond des bois et débouchant sur des clairières cachées où trônait une cabane en rondins parmi la sciure et les stères, et où une femme vêtue d'une robe fruste, les cheveux tirés si fort en arrière qu'elle semblait sourire (mais elle ne souriait pas), se dressait dans l'embrasure de la porte, munie d'un fusil à plomb armé. Oh, c'est vous, Howard. Ma foi, je crois que je vais avoir besoin d'un de vos seaux en fer-blanc. L'été, il reniflait la bruyère, fredonnait *I'll See You in My Dreams* et observait les papillons monarques (mon arc, ma harpe ; il s'imaginait un peu poète) venus du Mexique. Le printemps et l'automne étaient ses saisons de faste, l'automne parce que les habitants de l'arrière-pays faisaient leurs provisions pour l'hiver (il déchargeait ses marchandises sur un tapis flamboyant de feuilles d'érable), le printemps parce qu'ils les avaient épuisées depuis souvent plusieurs semaines quand les routes enfin dégagées lui permettaient de reprendre sa tournée. Alors ils fondaient sur sa carriole comme des somnambules : l'œil avide, voraces. Parfois il repartait des bois avec des commandes de cercueils – un enfant, une épouse drapée dans un morceau de toile de jute et gisant, roide, dans l'appentis.

Il bricolait. Étain, fer-blanc, fer forgé. Laiton fondu et coulé dans un moule en argile. Mosaïques de mercure. Parfois un fond de casserole à raplatir – le tintement ténu de l'étain martelé, un chuintement sous le couvercle de la forêt boréale. Ferblantier, chaudronnier, mais surtout fourbisseur de balais et de serpillières.

George était capable de creuser et de couler les fondations en béton d'une maison. Il était capable de scier le bois et de clouer la charpente. Il était capable d'installer l'électricité et de raccorder la plomberie. Il était capable de monter une cloison sèche. Il était capable de poser un parquet et de barder un toit. Il était capable de construire une margelle de briques. Il était capable de découper une fenêtre et de peindre le châssis. Mais il était incapable de lancer une balle ou de marcher plus d'un kilomètre ; il détestait l'exercice, et, du jour où il prit sa retraite précoce, à soixante ans, jamais il n'autorisa son cœur à émettre un battement plus haut que l'autre à moins d'y être contraint, et encore, à de très rares exceptions près, s'il lui fallait par exemple défricher de lourdes broussailles pour accéder à un coin d'étang idéal pour la pêche à la truite. C'est peut-être à cause de ce manque d'exercice que, dès les premières séances de radiothérapie contre le cancer qui lui rongeait le bas-ventre, ses jambes enflèrent tel un couple d'otaries mortes échouées sur la grève, puis devinrent aussi dures que des troncs d'arbres. Avant d'être alité, il marchait comme un amputé blessé au cours d'une guerre antérieure à l'invention des prothèses modernes ; il allait cahin-caha comme s'il avait, fixées à la taille, deux jambes de bois articulées par des broches en acier. Quand sa femme touchait ses jambes, le soir au lit, sous le tissu de son pyjama, elle pensait à un chêne ou un érable, et elle devait se forcer à penser à autre chose pour ne pas s'imaginer en train de descendre au sous-sol, dans l'atelier de son mari, prendre du papier de verre et de la cire pour lui poncer les jambes et les polir à la brosse comme les pieds d'un meuble. Elle lâcha un jour à voix haute, étouffant mal un éclat de rire qui se résorba en une espèce d'éternuement : Mon mari, cette table. Elle s'en voulut tellement, ensuite, qu'elle en pleura.

L'opiniâtreté de certaines femmes de la campagne avec qui Howard avait commerce lors de ses tournées quotidiennes avait instillé en lui, croyait-il, ou aurait-il cru s'il avait réfléchi en toute conscience à cette question, une certaine pondération, une patience inébranlable. Quand les fabricants de savon remplacèrent leur vieux détergent par une nouvelle formule et changèrent la présentation de l'emballage de leur produit, Howard dut supporter des pinaillages qu'il aurait vite écourtés si ses adversaires n'avaient pas été ses clients.

Où est le savon ?

Le savon est là.

La boîte est différente.

Oui, ils l'ont changée.

Qu'est-ce qui n'allait pas avec l'ancienne boîte ?

Rien.

Pourquoi ils l'ont changée ?

Parce que le savon est meilleur.

Le savon est différent ?

Meilleur.

L'ancien savon était très bien.

Bien sûr, mais celui-ci est meilleur.

L'ancien savon était très bien, pourquoi que celui-ci serait meilleur ?

Eh bien, il nettoie mieux.

Nettoyait très bien avant.

Celui-ci nettoie mieux – et plus vite.

Oui, eh ben, je vais prendre une boîte de savon normal.

C'est celui-ci désormais, le savon normal.

Je peux pas avoir mon savon normal ?

C'est le savon normal ; garanti.

Oui, eh ben, moi, ça me dit trop rien d'essayer un nouveau savon.

Il n'est pas nouveau.

Si vous le dites, monsieur Crosby. Si vous le dites.

Bon, eh bien, madame, je vais vous demander un penny de plus.

Un penny de plus ? Et pourquoi donc ?

Le savon coûte un penny de plus, maintenant qu'il nettoie mieux.

Faut que je paie un penny de plus pour un savon différent dans une boîte bleue ? Eh ben, je vais juste prendre une boîte de mon savon normal.

George acheta une horloge cassée dans un vide-greniers. Son propriétaire lui offrit gratuitement la réédition d'un manuel de réparation datant du XVIIIe siècle. Il se mit à farfouiller dans les entrailles des vieilles horloges. En tant qu'ingénieur, il s'y connaissait en braquets, pistons et pignons, lois physiques, résistance des matériaux. En tant que Yankee installé sur les terres équestres du North Shore, il savait où reposaient les fortunes ancestrales, où dormait l'argent, d'un sommeil agité par des songes de moulins à laine et de carrières d'ardoise, de paperolles boursières et de chasses à courre. Il découvrit que les banquiers mettaient volontiers la main à la poche pour que leurs volumineux héritages de famille continuent à indiquer l'heure. Il était capable de remplacer à la main la dent usée d'un rouage crénelé. Posez l'horloge face renversée. Dévissez les vis ; ou retirez-les simplement, peut-être, du boîtier en cèdre ou en noyer, leurs fibres depuis longtemps réduites à l'état de poussière de bois époussetée sur un manteau de cheminée. Ôtez le dos de l'horloge comme le couvercle d'un coffre aux trésors. Rapprochez le long bras de la lampe de bijoutier, juste au-dessus de votre épaule. Examinez les cuivres ternis. Voyez les pignons abîmés de crasse et d'huile. Observez les ondulations bleutées, vertes, violettes, du métal frappé, plié, flambé. Introduisez votre doigt dans l'horloge ; titillez la roue d'échappement (à chaque rouage un nom parfait – échappement : le terme de la machine, l'endroit précis où l'énergie se répand, se libère, bat le temps). Approchez le bout du nez ; les parfums de tanin du métal. Lisez les noms gravés sur les rouages : *Ezra Bloxham – 1794 ; Geo. E. Tiggs – 1832 ; Thos. Flatchbart – 1912.* Sortez les rouages ternis de leur boîtier. Plongez-les dans l'ammoniaque. Retirez-les, narines brûlées, yeux embués, et regardez-les briller, étinceler dans le prisme de vos larmes. Limez les dents. Positionnez les bagues. Chargez les ressorts. Réparez l'horloge. Ajoutez votre nom.

Étains, étains. Tin… tin… tin… Tintinnabulement. Le tintement des casseroles et des seaux. Et aussi le tintement dans les oreilles de Howard Crosby, dont la résonance, lointaine d'abord, se rapprochait de plus en plus, jusqu'à se fixer dans ses oreilles, jusqu'à s'y enfouir. La tête lui carillonnait comme un battant de cloche. Le froid s'emparait du bout de ses orteils puis, porté par les ondes du bourdonnement, traversait tout son corps jusqu'à ce que ses dents claquent et que ses genoux fléchissent, l'obligeant à se cramponner à lui-même pour ne pas se désagréger. Telle était son *aura*, un halo glacial d'électricité chimique qui le cernait dans les moments précédant immédiatement le déclenchement d'une crise. Howard était épileptique. Sa femme, Kathleen, née Kathleen Black, des Black du Québec mais d'une branche obscure et austère de la famille, poussait chaises et tables sur le côté et l'amenait au centre de la cuisine. Elle enroulait un torchon autour d'un bâton de bois pour qu'il morde dedans afin de ne pas avaler ou mâcher sa langue. Si la crise arrivait trop vite, elle lui plantait le bâton à sec entre les dents et il se réveillait avec des escarbilles et un goût de sève plein la bouche, la tête comme un bocal en verre rempli de vieilles clés et de boulons rouillés.

Pour réassembler l'horloge démontée, il convient de poser la platine arrière des rouages sur un support en tissu lisse, de préférence une épaisse peau de chamois repliée plusieurs fois. Chaque roue est insérée avec son arbre de barillet dans le trou idoine, en commençant par la grande roue et sa fusée ajustable, ce mirifique cône rainuré dont M. de Vinci a fait don à l'humanité, jusqu'à la plus petite roue, la dent de l'une venant s'encastrer dans la bâte d'engrenage de la suivante, et ainsi de suite jusqu'à ce que le volant d'inertie du rouage de sonnerie et l'échappement du rouage de finissage soient positionnés à leur juste place. S'offre alors aux yeux de l'horloger un mécanisme digne d'un conte de fées ; les engrenages ploient de-ci et de-là telle en songe une indolente machine. Le temps de l'Univers ne saurait être de la sorte marqué. Un si torve et volatil appareillage ne pourrait jamais décompter que les heures fabuleuses de quelque fantasque fantôme. La platine antérieure est saisie en main et ajustée d'abord sur la partie exposée des arbres du ressort principal et du ressort de sonnerie, ceux-ci constituant les plus grandes, et partant les plus aisément ajustables, des diverses pièces du mécanisme. La chose accomplie, l'horloger soulève pour le porter à hauteur de regard le fragile assemblage de rouages non encore fixés, en maintenant approximativement l'ensemble par une pression exercée de part et d'autre sur les deux platines, et en prenant garde que celle-ci ne soit ni trop forte (ce qui endommagerait les extrémités les plus fines de l'arbre non aligné) ni trop faible (ce qui conduirait la machine à demi reconstituée à se désassembler de nouveau, ses diverses pièces risquant dès lors de s'éparpiller et de disparaître, comme il arrive souvent, dans quelque anfractuosité obscure et poussiéreuse de l'atelier de l'horloger, et ce faisant d'arracher à ce dernier force jurons et blasphèmes). Si, lorsque le patient horloger a terminé son ouvrage et que, en faisant tourner au moyen du pouce la grande roue de l'horloge, il n'en obtient que grincements et couinements plutôt que le bruissement et le murmure conformes à la logique du laiton, l'opération doit être reprise en sens inverse et avec équanimité jusqu'à ce que des caprices du désordre il ne demeure plus trace. Dans le cas des horloges qui ne possèdent qu'un rouage de finissage, réanimer la machine est tâche fort simple. Les mécanismes plus sophistiqués, tels ceux doués de fonctions supplémentaires, par exemple une pantomime de la lune ou un arlequin miniature jonglant avec des fruits, demandent une habileté et une pertinacité quasi infinies. (L'auteur a entendu parler d'une horloge, que d'aucuns auraient vue en Bohême orientale, façonnée à l'effigie d'un grand chêne dont le cadran était serti de gravures de fer et de laiton. Suivant le cycle des saisons propre à sa terre natale, les branches de l'arbre s'ornaient de mille minuscules feuilles de cuivre giratoires, chacune fixée sur un fuseau plus fin qu'une tête d'épingle, et dont les teintes variaient du vert émail au rouge métallique. Puis, grâce à d'extraordinaires rouages au sein du dispositif (conçu de telle sorte qu'il évoquât l'un de ces piliers mythiques dont on croyait jadis qu'ils soutenaient la Terre), ce feuillage se détachait des branches pour aller s'enrouler jusqu'au bas de leur support et s'épandre tout autour de la partie inférieure du cadran. S'il est vrai qu'une telle machine ait jamais existé, M. Newton lui-même n'eût guère pu rêver s'asseoir au pied d'arbre plus stupéfiant.)

Extrait du *Petit Horloger raisonné*,
du Rév. Kenner Davenport, 1783

George se souvint de beaucoup de choses, en mourant, mais dans un ordre sur lequel il n'avait aucune prise. Considérer sa vie, faire le bilan ainsi que chaque homme, s'était-il toujours imaginé, devait le faire au moment du trépas, c'était contempler une masse mouvante, les carreaux d'une mosaïque tournoyant, tourbillonnant, retraçant le portrait, brossé dans des couleurs toujours reconnaissables, d'éléments familiers, d'unités moléculaires, de courants intimes, mais devenu également indépendant de sa volonté, lui révélant de lui-même une facette différente chaque fois qu'il essayait d'arrêter son jugement.

Cent soixante-huit heures avant de mourir, il se faufila par la fenêtre du sous-sol à l'intérieur de l'Église méthodiste de West Cove et fit sonner les cloches, la nuit d'Halloween. Il attendit au sous-sol que son père vienne lui flanquer une raclée pour le punir. Son père hurla de rire à s'en taper les cuisses parce que George avait rembourré son fond de culotte avec de vieux numéros du *Saturday Evening Post*. Il demeura assis en silence à la table du dîner, n'osant pas regarder sa mère parce qu'il était onze heures du soir et que son père n'était toujours pas rentré et que sa mère les forçait cependant à rester assis devant leurs assiettes froides. Il se maria. Il déménagea. Il fut méthodiste, puis congrégationaliste, et enfin unitarien. Il dessina des machines et enseigna le dessin mécanique et eut des crises cardiaques et survécut, roula à tombeau ouvert avec ses copains de l'école d'ingénieur sur la nouvelle autoroute avant que celle-ci ne soit mise en service, enseigna les maths, obtint son diplôme d'enseignement, fut conseiller d'orientation au lycée, retourna dans le Nord chaque été pour pêcher à la mouche avec ses copains de poker – médecins, flics, profs de musique –, acheta une horloge cassée dans un vide-greniers et la réédition d'un manuel du XVIIIe siècle expliquant comment la réparer, prit sa retraite, participa à des voyages organisés en Asie, en Europe, en Afrique, répara des horloges pendant trente ans, pourrit gâta ses petits-enfants, eut la maladie de Parkinson, eut du diabète, eut un cancer, et finit dans un lit médicalisé au centre de son salon, à l'emplacement exact de la table dans l'ancienne salle à manger, avec ses deux rallonges pour les repas de fête.

George ne s'autorisait jamais à imaginer son père. À l'occasion, pourtant, quand il réparait une horloge, quand il faisait glisser un nouveau ressort dans son barillet et que celui-ci se détachait de son arbre et explosait, lui tailladant les mains, endommageant parfois le reste du mécanisme, surgissait à son esprit l'image de son père étendu sur le sol, donnant des coups de pied dans les chaises, froissant les tapis, les lampes renversées des tables, sa tête tapant contre le parquet, ses dents serrées autour d'un bâton ou autour des propres doigts de George.

Sa mère avait vécu avec lui et sa famille jusqu'à sa mort. Parfois, pendant les repas surtout, peut-être parce que c'était là qu'elle avait été devancée, prise de court par son mari, abandonnée à la table du dîner alors même qu'elle réfléchissait au moyen de le faire interner, elle se rappelait quel homme frivole avait été le père de George. Au petit déjeuner, elle enfournait une bouchée de porridge puis, extrayant la cuiller de l'étau de son dentier dans un claquement et un bruit de succion prodigieux, s'exclamait à peu près : Un poète, ha ! Une cervelle d'oiseau, oui, une jacasse, un vrai coucou, avec ses crises, là, à battre des bras comme ça dans tous les sens.

Mais George pardonnait à sa mère son cœur aigri. Chaque fois qu'il songeait à tout ce qu'elle cherchait à conjurer par ces amères jérémiades, il était étranglé par des sanglots et il se figeait, levait les yeux des grands titres du journal du matin pour se pencher sur elle et baiser son front imbibé de camphre. Geste auquel elle répondait : Ne t'avise pas de vouloir me réconforter ! Cet homme a jeté une ombre éternelle sur ma sérénité. L'imbécile ! Et ces seuls mots faisaient du bien à George ; ses incessantes litanies apaisaient sa mère et lui rappelaient que la vie était terminée.

Allongé sur son lit de mort, George avait envie de revoir son père. Il avait envie d'imaginer son père. Dès qu'il essayait de se concentrer et de revenir en arrière, de s'enfoncer le plus profondément et le plus loin possible hors du présent, un élan de douleur, un bruit, la présence de quelqu'un venu le faire rouler de côté et d'autre pour changer ses draps, les toxines libérées par ses reins gorgés de cancer dans son sang toujours plus épais et noir, le ramenaient à son corps usé et à son esprit en lambeaux.

Un après-midi, le printemps avant sa mort, George, voyant ses maux s'aggraver, décida de confier certains souvenirs, certaines anecdotes de sa vie, à un magnétophone. Sa femme était partie faire des courses, et il descendit avec l'appareil dans son bureau au sous-sol. Il ouvrit la porte séparant son atelier de sa remise à outils. Il y avait un poêle à bois dans la remise à outils, entre la foreuse sur colonne et le tour à métaux. Il froissa une poignée de vieux journaux et les mit dans le poêle, ainsi que trois bûches prélevées sur la demi-corde de rondins empilés dans un coin de la remise, adossés à la cloison près de la porte. Il alluma le feu et ajusta le tuyau, dans l'espoir d'infuser un peu de chaleur au béton glacé du sous-sol. Il retourna à son bureau dans l'atelier. Un micro rudimentaire était branché à l'appareil, qui refusait de tenir droit dans la pince par laquelle il y était fixé. La pince était si légère que le fil reliant le micro au magnétophone ne cessait de la renverser en se torsadant. George essaya de lisser le câble, mais le micro ne tenait toujours pas, alors il le posa simplement sur le magnétophone. Les touches étaient dures et ne se laissaient pas facilement enclencher. À chacune était attribuée une abréviation sibylline, et George dut s'y prendre à plusieurs reprises avant d'être certain d'avoir trouvé la combinaison qui lui permettrait d'enregistrer sa voix. Sur la cassette à l'intérieur de l'appareil était collée une étiquette rose délavée sur laquelle avait été écrit : Compilation de Vieux Blues, Copyright Hal Broughton, Jaw Creek, Pennsylvanie. George se souvint qu'il avait acheté cette cassette avec sa femme à l'occasion d'un cours ou d'un autre parmi tous ceux qu'ils avaient suivis à l'université libre Elderhostel, un été ou un autre, des années plus tôt. Quand George enfonça la touche PLAY, il entendit le roucoulement frêle et distant d'une voix d'homme évoquant un chien de l'enfer lancé à ses trousses. Plutôt que de rembobiner la cassette, George se dit que cette complainte ferait une bonne introduction à son récit, et il se mit donc à enregistrer à sa suite. Il se pencha sur le micro, les bras croisés et appuyés sur le rebord du bureau, comme s'il répondait à un interrogatoire. Il commença de la manière la plus formelle : Je m'appelle George Washington Crosby. Je suis né à West Cove, Maine, en 1915. J'ai déménagé à Enon, Massachusetts, en 1936. Et ainsi de suite. Passé ces quelques informations de base, il s'aperçut qu'en fait de souvenirs ne lui venaient à l'esprit que des vers de mirliton et des anecdotes légèrement grivoises, la plupart ayant trait à des prouesses idiotes accomplies sous l'emprise du whisky au cours d'une partie de pêche, et tournant assez fréquemment autour d'une rencontre inopinée avec un garde forestier alors qu'il avait une pleine besace de truites et pas le moindre permis de pêche, ou d'un pistolet qu'un certain médecin avait apporté dans les bois : Si ce pistolet est un 9 millimètres, je veux bien être pendu illico cul nul sur la glace ; les paroles d'une chanson intitulée *Viens par là, Maman, c'est meilleur quand t'es réveillée.* Et cetera. Mais après quelques histoires de cet acabit, il se mit à parler de son père et de sa mère, de son frère, Joe, et de ses sœurs, des cours du soir qu'il avait suivis pour finir sa scolarité et du jour où il était devenu père. Il parla de neige bleue et de tonneaux de pommes et de bois gelé si cassant qu'il sonnait quand on le fendait. Il parla de ce que ça fait d'être grand-père pour la première fois et de songer à ce qu'on laissera derrière soi au moment de mourir. Quand il arriva au bout de la cassette une heure et demie plus tard (après l'avoir retournée à mi-parcours sans presque s'en rendre compte) et que la touche RECORD sursauta dans un bref vrombissement, il était en larmes, pleurant ce monde de lumière et d'espoir à jamais perdu. Ainsi envahi par l'émotion, il retira la cassette, la retourna, la cala de nouveau sur son solide réceptacle de crans et de têtes de lecture, et appuya sur PLAY en se disant qu'il pourrait peut-être faire perdurer la magie de cette si pure, si limpide tristesse en réécoutant son propre récit. Il s'imagina qu'il entendrait peut-être à présent ses Mémoires comme ceux d'un admirable anonyme, quelqu'un qui serait pour lui un parfait inconnu mais qu'il reconnaîtrait instantanément et qui lui inspirerait une tendre affection. Au lieu de quoi, la voix qu'il entendit lui parut nasale et pincée, et, pire encore, assez fruste, comme celle d'un péquenaud qu'on aurait appelé, peut-être même par dérision, à témoigner sur de très saintes choses, comme si ce n'était pas son témoignage mais la maladresse avec laquelle il était voué à le livrer qui constituait la raison même de sa convocation devant une assemblée céleste et impitoyable. Il écouta la cassette pendant six secondes puis l'éjecta et la jeta dans le poêle brûlant.

De hautes touffes de marisque et des fleurs sauvages poussaient le long de l'échine des routes de terre et caressaient le ventre de la carriole de Howard. Des ours cueillaient des fruits à coups de patte dans les buissons sur les bas-côtés.

Howard avait une mallette d'échantillons en bois de pin, harnachée de lanières en similicuir et teintée couleur de noyer. À l'intérieur, sur un tapis de faux velours, s'étalaient de pauvres boucles d'oreilles plaquées or et des pendentifs de pierres semi-précieuses. Il ouvrait cette mallette pour les campagnardes fourbues en l'absence de leurs époux partis abattre des arbres ou moissonner les champs de l'arrière-pays. Il leur montrait chaque année la même demi-douzaine de pièces que lors de sa tournée précédente, quand il se disait : La saison est venue – les conserves sont terminées, le bois est empilé, le vent du Nord s'est levé et il commence à faire froid, le soir arrive chaque jour de plus en plus tôt, le froid et le gel venus du Nord s'abattent avec toujours plus d'insistance, s'abattent sur le bois brut de leurs cabanes, sur les chevrons grossièrement taillés qui ploient et parfois se fendent sous le poids de la nuit et du gel, enfouissant les familles dans leur sommeil, la nuit et le gel, et parfois le rouge du ciel à travers les arbres : le cœur brisé d'un soleil froid. Il se disait : Achetez ce pendentif, sortez-le des replis de votre robe et glissez-le dans le creux de votre main, et regardez la livide lumière du feu s'y miroiter, tard le soir, tandis que vous attendez que le toit cède ou que votre volonté se brise et que la couche de gel devienne si épaisse que vous ne puissiez plus la casser à coups de hache, debout sur le lac gelé à minuit, chaussée des bottes de votre mari, le fracas sec de la hache sur la glace si infime sous le tournoiement des étoiles glaciales, le sourd couvercle des cieux, que votre mari ne risque pas même de se retourner dans son sommeil dans la cabane de l'autre côté de la glace et d'accourir, alerté par le bruit, à moitié mort de froid, vêtu d'un simple caleçon long, pour vous empêcher de percer un trou dans la glace et d'y glisser comme dans une veine bleue, de glisser jusque dans les ténèbres vaseuses du fond du lac, où vous ne verriez rien, où vous ne sentiriez rien, à part peut-être la présence de quelque poisson somnolent s'ébrouant dans le brouillard, votre plongeon alourdi par la robe en laine et les grosses bottes l'ayant dérangé en sa léthargie hivernale peuplée de songes des mers anciennes. Peut-être ne sentiriez-vous même pas cela, tout entière à vous débattre dans des vêtements devenus goudron refroidi, avant que vos gestes ne ralentissent, ne s'apaisent même, et que vous ouvriez les yeux, guettant une pulsation argentée, un entrelacs d'écailles, puis que vous refermiez les yeux et sentiez vos paupières se muer en une peau ichtyenne, glissante, le sang dessous soudain froid, et que vous réalisiez que plus rien ne vous importe, que vous voulez, enfin, vous reposer, qu'enfin vous ne voulez plus rien d'autre que cette soudaine, inédite et simple vibration qui se fraie un chemin entre vos yeux. La glace est beaucoup trop épaisse, impossible à briser. Vous n'y arriverez jamais. Vous en seriez incapable. Alors achetez l'or, réchauffez-le à votre peau, faites-le glisser dans votre giron quand vous êtes assise près du feu et que rien d'autre ne s'offrirait à votre regard que votre débris de mari en train de chiquer son tabac à même ses gencives édentées ou les craquelures de vos propres mains gercées.

Aucune de ces femmes ne lui acheta jamais le moindre bijou. Elles soulevaient parfois un pendentif de son écrin et le frottaient entre leurs doigts. Elles disaient : Pour sûr, pour sûr, quand il disait : Ma foi, reconnaissez que c'est là une bien jolie pièce. Parfois il voyait le visage d'une femme frémir pendant une fraction de seconde, le bijou ranimant en elle un espoir secret à demi oublié, un songe échoué dans les limbes lointains du mariage. Ou alors sa respiration avait un raté, comme si quelque chose qui depuis longtemps était demeuré fiché à un clou ou entravé par une chaîne semblait sur le point de se décrocher, mais l'espace d'un instant seulement. La femme lui rendait sa breloque. Non, non, je crois pas, Howard. La mallette une fois rangée dans son tiroir, il faisait faire demi-tour à sa carriole dans la cour et ressortait des bois, laissant l'hiver se refermer bientôt derrière lui sur les habitants de l'arrière-pays.

Le fournisseur local de Howard était un dénommé Cullen. Cullen était un escroc. Une fois par mois, il s'asseyait à une table dans l'arrière-salle du magasin Sander's et flouait son employé d'une partie de sa paie. Il étalait sur la table les reçus de Howard pour le mois, se penchait en avant et les examinait à travers la fumée de la cigarette qui lui pendait en permanence à la lèvre. Quand il faisait cela, songeait chaque fois Howard, on aurait dit qu'il était en train de distribuer les cartes pour une partie de poker ou un tour de magie. Cullen, penché sur les reçus, plissait les yeux : Seulement cinq boîtes de soude caustique ; faut en vendre six pour rentrer dans les frais. Dix têtes de serpillière en coton. Pas mal, mais les prix ont augmenté, faut en vendre douze maintenant. Ça te fait un nickel de moins qu'avant. Et ce nouveau savon, alors ? Je me fous pas mal que ce soit pas évident de les convertir, ces vieilles ploucardes ; t'es un vendeur. Qu'est-ce tu fous quand tu vas là-bas ? Tu renifles les marguerites ou quoi ? Bon Dieu, Crosby, qu'est-ce tu fous avec ces glacières et ces lave-linge ? Combien de brochures t'as données ? Je m'en tamponne le coquillard qu'elles comprennent rien au paiement échelonné – l'échelonné, c'est *l'avenir* ; c'est le *graal* du commerce ! Cullen ramassa les reçus et les fourra dans sa sacoche. Il glissa une main dans sa poche et en retira un rouleau de billets. Il en préleva un de dix dollars et sept de un. Il sortit ensuite de son autre poche une poignée de petite monnaie qu'il éparpilla sur la table (comme s'il lançait les dés, songea Howard), en mit de côté l'équivalent de cinquante-sept cents du bout de l'index et remit le reste dans sa poche à une telle vitesse qu'on aurait dit, là encore, l'un de ses tours de passe-passe. Signe là. Crosby, comment tu veux faire partie de mes douze ? C'était le moment de chaque rendez-vous avec son fournisseur que Howard redoutait – quand Cullen citait Bruce Barton. Qui est le plus grand businessman de tous les temps, Crosby ? Le plus grand vendeur ? Publiciste ? Qui ? Howard regarda le nœud de la cravate bon marché de Cullen et sourit, prenant sur lui à la fois pour ne pas avoir l'air exaspéré et pour ne pas répondre. Allez, Crosby. T'as pas lu le livre ou quoi ? Je te l'ai pratiquement donné à prix coûtant ! Howard soupira et dit : C'est Jésus. Exactement, dit le fournisseur en se levant à moitié de sa chaise pour frapper du poing sur la table et lever un doigt vers le ciel, devant les raquettes de neige flambant neuves accrochées au mur. Jésus ! *Jésus est le père du business moderne*, récita-t-il.

C'était le convive le plus demandé de tous les dîners en ville à Jérusalem. Il choisit douze hommes parmi les plus bas sur l'échelle du business et fit d'eux la pierre de touche d'une organisation qui conquit le monde ! Comment tu veux devenir l'un de mes douze, Crosby, si tu peux pas vendre, si tu n'as pas *le feu sacré de la vente* ?

Cent trente-deux heures avant de mourir, George se réveilla loin du raffut de l'Univers en pleine débâcle pour se retrouver plongé dans les ténèbres de la nuit et un silence auquel, une fois dissipé le vacarme de ses cauchemars, il ne comprit rien. La pièce n'était éclairée que par une petite lampe métallique posée sur l'une des tables de chevet près du canapé. Le canapé était disposé parallèlement au lit médicalisé. Au bout du canapé, penché vers la lampe sur la table, était assis l'un de ses petits-fils, un livre à la main.

George dit : Charlie.

Charlie dit : Papy, puis reposa le livre de poche sur ses genoux.

George dit : Pourquoi c'est si calme ici, bon sang ?

Charlie dit : Il est tard.

George dit : Ah bon ? N'empêche, fait quand même sacrément silencieux ici. George tourna la tête à gauche puis à droite. À gauche, il y avait le fauteuil Reine-Anne et la cheminée dans laquelle il n'avait pas fait de feu depuis trente ans, depuis qu'il avait cessé de fumer la pipe. Il se souvint de l'arbre à pipes posé sur son bureau au sous-sol. Au début, il s'était imaginé que son engouement pour la pipe était similaire à celui qu'il avait ressenti pour les horloges ; il avait acheté l'arbre à pipes sur un marché aux puces à Newburyport. Comment est-ce que je peux me souvenir d'un truc pareil ? se dit-il dans son lit, taraudé par ce silence qui lui faisait presque l'effet d'un genre particulier de bruit et dont il aurait voulu percer le mystère, localiser la source, au lieu de quoi surgissaient le marché aux puces de Newburyport et la table où s'étalaient toutes sortes de babioles, et l'allure du vieux charlatan derrière la table (une espèce de marin ou de gars de la marine marchande à la retraite, qui portait un pull irlandais et une casquette de pêcheur grec), et sa voix (du Yankee passé au gros sel, mâtiné de Bangor et de Cap Breton), et presque chaque article sur la table (truelles rouillées, poupées énucléées, blagues à tabac vides, partitions effritées, un thermomètre en sucre d'orge, une statuette de Christophe Colomb), et comment il avait marchandé avec le type (Dans les environs de dix cents, vous voulez combien pour cet arbre à pipes ? Cinq billets ! Comment un voleur comme vous a pu atterrir ici ? Deux billets ? Bon, eh bien je crois que vous allez devoir le garder encore un petit bout de temps. Un dollar vingt-cinq ? Vendu.). Il acheta une dizaine de pipes chez divers collectionneurs. Il les disposa sur l'arbre, caressant l'idée d'apprendre à goûter certains tabacs de luxe et de n'utiliser qu'une seule pipe pour chaque genre de tabac. Au bout d'une semaine, il fumait le mélange le plus médiocre du buraliste du coin dans une pipe qu'il avait eue gratis en achetant une pleine caisse de rouages d'horlogerie et dont il soupçonnait, quand parfois il tirait une bouffée plus âcre que les autres, qu'elle était non pas en bois mais en plastique. Il fumait fourneau sur fourneau de pauvre tabac gris quand il réparait ses horloges. À la fin de la journée, après le dîner, il s'asseyait dans le fauteuil Reine-Anne (acheté dans une vente de succession pour trois fois rien parce qu'il avait deux pieds cassés) près du feu et fumait sa dernière pipe du jour. Lorsqu'une cloque précancéreuse se développa sur sa lèvre inférieure, il jeta ses pipes, l'arbre et les blagues à tabac, et se contenta de fumer un demi-cigare de temps en temps, en balayant les feuilles mortes du garage. Bien qu'il ne se fût pas assis dans le fauteuil Reine-Anne depuis qu'il avait arrêté de fumer la pipe, il subsistait comme une ombre de sa silhouette incrustée dans le tissu sur le dossier du fauteuil ; ce n'était pas vraiment une tache, plutôt un spectre de tissu un rien plus sombre, qu'on arrivait à distinguer sous telle lumière et sous tel angle précis, et qui eût encore parfaitement épousé la forme de son corps, s'il avait été capable de se lever de son lit de souffrances et de s'asseoir dans le fauteuil.

Sa tête était rehaussée par des coussins. Devant lui, au pied du lit, il apercevait une mince bande du tapis persan qui recouvrait le plancher. Plus loin, près du mur à l'autre bout de la pièce, il y avait la grande table, sans ses rallonges, plateaux abaissés. Elle faisait presque toute la longueur du mur. À chaque extrémité de la table, il y avait une chaise cannée à barreaux. Au-dessus de la table (sur laquelle on trouvait toujours une coupe de fruits en bois ou des fleurs en papier de soie dans un vase en cristal) était accrochée une nature morte, peinte à l'huile. La scène, sombre et brumeuse, illuminée sans doute par une unique bougie n'apparaissant pas dans le cadre, représentait une table sur laquelle étaient posés un poisson argenté et un morceau de pain noir sur une planche à découper, un palet de fromage rougeâtre, une orange coupée en deux dont les moitiés étaient disposées de sorte que l'intérieur soit tourné vers le spectateur, une coupe à boire en cristal vert, avec une grande hampe spiralée et des sortes de boutons de verre fixés tout autour de la base. Un gros morceau de la coupe avait été cassé et des bris de verre, scintillant d'un sombre éclat, s'éparpillaient autour du pied. Il y avait un couteau à manche en étain sur la planche à découper, devant le poisson et le pain. Il y avait aussi une espèce de tige noire, à bout blanc, parallèle au couteau. Personne n'avait jamais compris ce qu'était exactement cette tige. Un des petits-enfants avait remarqué un jour qu'elle ressemblait à une baguette magique, et, de fait, cet objet n'était pas sans rappeler le genre de baguette dont les amateurs se servent pour faire surgir des lapins de leurs chapeaux claques ou y faire disparaître des carafes d'eau dans les goûters d'anniversaire d'enfants. Mais le reste du tableau, et peu importe qu'il eût été peint à une époque récente ou lointaine, était d'inspiration ou d'origine hollandaise ou flamande, et cette tige ne pouvait guère figurer un jeu d'esprit ou une blague subtile. Elle était donc demeurée une petite énigme familiale, sur laquelle les uns et les autres aimaient à s'interroger de temps en temps pendant un moment, quand ils attendaient que quelqu'un eût fini d'enfiler son manteau, ou quand ils rêvassaient allongés sur le canapé, un après-midi d'hiver, et que personne n'avait jamais eu l'idée de résoudre sérieusement.

À sa droite, après l'extrémité de la table et la chaise, il y avait un petit vestibule, comprenant la porte donnant sur le salon, la porte d'entrée principale sur la droite, la porte de la penderie tout au fond, et la porte menant au grenier inachevé (où George, quand il avait construit la maison cinquante ans plus tôt, avait installé la plomberie et l'électricité, dans l'intention de transformer un jour cette pièce en une grande salle de séjour familiale) à gauche. À droite du vestibule, il y avait un secrétaire à cylindre dans lequel George rangeait factures, reçus et livres de comptes inutilisés.

Au-dessus était accrochée une autre peinture à l'huile, représentant une goélette quittant le port de Gloucester dans la tempête. C'était un sombre tumulte de verts, de bleus et de gris écumant autour de la silhouette du navire, vu de dos. La substance de la crête même des vagues semblait éclairée de l'intérieur par une lumière provenant de nulle part. Si vous regardiez les lignes droites des mâts et du gréement de la goélette (la tempête s'étant levée, l'embarcation voguait toutes voiles baissées) pendant suffisamment longtemps dans la pénombre d'un début de soirée ou d'une journée pluvieuse, la mer se mettait à bouger en lisière de votre champ de vision. Elle s'immobilisait dès l'instant où vous la regardiez directement, pour se remettre aussitôt à glisser et onduler dès que votre regard se posait de nouveau sur le bateau.

Tout de suite à la droite de George, il y avait le canapé bleu flanqué de ses tables de chevet, sur lequel était assis son petit-fils, qui le regardait à présent, livre posé sur les genoux. Derrière le canapé, il y avait une grande porte-fenêtre ouvrant sur la pelouse et la rue, mais de lourds rideaux, que sa femme gardait fermés nuit et jour depuis qu'il était rentré mourir à la maison, la dissimulaient. Les rideaux étaient aussi épais et pesants que ceux d'un théâtre. Ils étaient de couleur crème, striés de larges bandes verticales d'un marron si foncé qu'il semblait presque noir. Ces bandes étaient ornées de griffes de lierre s'enroulant en spirales de bas en haut. Entre les diagonales tracées par ces guirlandes s'intercalaient en alternance des merles avec un bout de ruban ou un brin d'herbe dans le bec et des urnes en marbre. En regardant ces rideaux, George eut l'impression que son petit-fils était assis devant une étroite scène plongée dans le noir et qu'à tout moment il allait bondir, faire un pas de côté et, le bras tendu en guise d'introduction, présenter une espèce de spectacle de marionnettes.

Au lieu de quoi, le petit-fils répéta : Ça va, papy ? Sacrément silencieux.

Quand il ne put tourner la tête plus loin, il dut imaginer le reste de la pièce derrière lui. Il y avait le meuble télévision, la causeuse en velours rouge, la photo de sa femme à dix-sept ans, colorisée à la main et montée dans un cadre ovale en bois de rose, et il y avait l'horloge de grand-père.

Voilà, c'était ça, comprit-il soudain ; l'horloge s'était arrêtée. Toutes les horloges s'étaient arrêtées dans la pièce – les tambours et les pendulettes sur le manteau de cheminée, le banjo, le miroir et le régulateur viennois accrochés au mur, la cloche Chelsea sur le secrétaire, l'horloge à doucine sur la table de chevet, et l'horloge de grand-père Stevenson de deux mètres de haut, fabriquée à Nottingham en 1801, coffrée en noyer, avec sa lucarne indiquant les phases de la lune sur le cadran et ses deux rouges-gorges tressant des guirlandes de fleurs autour des chiffres romains. Quand il se représenta l'intérieur de cette horloge, sombre, sec, creux, et l'immobile pendule suspendu sur toute sa hauteur, il sentit l'intérieur de sa propre poitrine et fut pris de panique à l'idée que là-dedans, aussi, tout se fût arrêté.

Quand ils étaient petits, ses petits-enfants lui avaient tous demandé s'ils pouvaient se cacher dans l'horloge. À présent, il aurait voulu les rassembler tous, ouvrir sa poitrine et les mettre à l'abri derrière ses côtes, auprès des faibles battements de son cœur.

Lorsqu'il prit conscience que le silence qui l'avait tant perturbé était celui de ses horloges qu'on avait laissées s'arrêter, il comprit qu'il allait mourir dans le lit où il était allongé.

Les horloges sont arrêtées, grommela-t-il à son petit-fils.

Nanie a dit que ça te rendrait dingue.

(En vérité, sa femme avait dit que c'était *elle* qui devenait dingue à cause du tic-tac, sans parler des carillons, et qu'elle ne pouvait pas supporter de veiller sur lui dans un tel tintamarre. Mais la vérité vraie, c'était que sa femme trouvait un certain réconfort dans le bruit des horloges et des carillons, et pendant de nombreuses années après la mort de son mari, dans l'appartement qu'elle acheta au sein d'une copropriété de retraités avec l'argent qu'il avait mis de côté pour elle au sous-sol et dans une demi-douzaine de coffres-forts un peu partout dans le North Shore, elle conserva une dizaine des plus belles pièces de sa collection, alignées et disposées dans son salon de telle sorte qu'elles semblaient, par la précision même de leur ordonnancement, qu'elle passa des mois à régler et peaufiner, faire vibrer une note presque capable de faire apparaître son époux défunt, de l'invoquer dans la pièce ; il semblait toujours presque là, à portée de vue, entre les tics et les tacs, et à minuit, quand elle était allongée seule dans le lit à baldaquin et que toutes les horloges sonnaient douze coups en même temps, elle savait sans l'ombre d'un doute que son pointilleux fantôme de mari rôdait dans le salon et inspectait chaque machine avec ses doubles foyers pour vérifier qu'elles battaient toutes à l'unisson, avec justesse et précision.)

Me rend dingue rien du tout, dit-il. Lève-toi et remonte-les. Alors le jeune individu, dont il ne parvenait pas à se rappeler le nom, alla remonter une par une toutes les horloges.

Mais pas les carillons, dit le jeune individu. Ça ferait trop de bruit ; on déclencherait un boucan d'enfer si tous ces machins-là se mettaient à sonner en même temps ; nanie nous tuerait.

George dit : D'accord, d'accord, et le sang dans ses veines, le souffle dans sa poitrine lui parurent retrouver un peu de fluidité quand il entendit la crémaillère, le cliquetis des ressorts qu'on remonte, et le chœur s'élevant des horloges, qui ne lui semblaient pas tant battre les heures que respirer et se réconforter mutuellement du simple fait de leur présence les unes auprès des autres, telle une assemblée de convives à un dîner paroissial ou à une soirée diapositives dans une bibliothèque de quartier.

À part rétamer des marmites et vendre du savon, voici quelques-unes des choses que fit Howard à un moment ou un autre au cours de ses tournées, parfois pour gagner un peu d'argent en plus, la plupart du temps pour rien : abattre un chien enragé, mettre au monde un bébé, éteindre un feu, arracher une dent pourrie, couper les cheveux à un homme, vendre vingt litres de whisky maison pour un bouilleur de cru nommé Potts, repêcher un enfant noyé dans une crique.

L'enfant noyé était la fille d'une veuve nommée La Rose. Elle jouait près de la crique, glissa sur une pierre humide, se fendit le crâne et tomba inanimée, tête en avant, dans l'eau. Le courant l'avait emportée un peu au large et traînée sur plusieurs centaines de mètres, puis déposée sur un banc de sable au milieu de la crique. Howard retira ses chaussures, retroussa ses jambes de pantalon et traversa à gué jusqu'à la fillette. Lorsqu'il se pencha pour la soulever, ce fut comme pour caler un agneau égaré contre sa hanche, mais quand il passa ses bras sous le petit corps, sentit combien il était froid, vit ses cheveux onduler dans le courant et pensa à la mère restée derrière lui, debout sur la rive, il la retourna sur le dos, la souleva et la porta dans ses bras comme si elle était endormie et qu'il la sortait de l'arrière de sa carriole pour aller la coucher dans son lit près du poêle à bois de retour d'une visite familiale.

L'homme à qui il coupa les cheveux s'appelait Melish. Il avait dix-neuf ans et devait se marier dans une heure et demie. Sa mère était morte ; ses frères et sœurs, tous beaucoup plus âgés que lui, étaient déjà mariés et partis s'installer au Canada, dans le New Hampshire ou au sud de Woonsocket. Son père était occupé à moissonner leurs huit hectares de pommes de terre et aurait encore préféré scalper le jeune homme plutôt que de lui couper les cheveux, car ce mariage signifiait que les deux dernières mains sur lesquelles il pouvait compter abandonnaient la ferme. Howard prit une paire de ciseaux et un pot en étain de taille moyenne dans sa carriole. Il plaça le pot sur la tête du jeune homme et coupa les cheveux tout autour de la circonférence. Lorsqu'il eut terminé, il prit un miroir à main, le défit de son emballage en papier et le tendit au garçon. Le garçon tourna la tête à gauche, puis à droite, puis rendit le miroir à Howard. Il dit : Ma foi, ça m'a l'air assez chic, monsieur Crosby.

L'homme à qui il arracha une dent s'appelait Gilbert. Gilbert était un ermite qui vivait dans les profondeurs des bois, près du fleuve Penobscot. Il semblait n'avoir nul autre abri que les bois eux-mêmes, mais il se pouvait aussi, à en croire certains chasseurs de cerf, d'ours et d'élan de la région, qu'il se fût installé dans la cabane abandonnée d'un trappeur. D'autres pensaient qu'il vivait peut-être dans une espèce de hutte perchée dans les arbres, ou tout au moins un appentis. Tout le monde savait qu'il vivait dans la forêt depuis des années, mais jamais le moindre groupe de chasseurs en hiver n'avait aperçu ne serait-ce que les cendres d'un feu ou une seule empreinte de pas. Personne n'arrivait à imaginer comment un homme pouvait survivre à un seul hiver, livré à lui-même en pleine nature, et moins encore pendant des décennies. Howard, plutôt que d'essayer d'expliquer l'existence de l'ermite en convoquant l'hypothèse de feux de bois et autres cabanes de trappeur, préférait s'en tenir au grand vide que l'homme semblait de fait avoir élu pour domicile ; il aimait songer à une ornière dans les bois, un refuge dont seul l'ermite savait deviner la présence et trouver l'accès, où la forêt gelée elle-même le recueillait et où il n'avait plus besoin ni de feu ni de couvertures en laine, mais se contentait d'aller dans son seul habit de neige, tissé de givre, les bras et les jambes comme du bois froid et le sang comme une sève glaciale.

Gilbert avait fait ses études à l'université Bowdoin. La légende racontait qu'il se vantait d'avoir été un camarade de classe de Nathaniel Hawthorne. Il aurait dû avoir dans les cent vingt ans pour que cette rumeur fût plausible, et cependant personne ne se souciait de la réfuter, tant il était savoureux de laisser courir le bruit que l'ermite du coin, vêtu de peaux animales, marmonnant des litanies (en latin, bien souvent) et, aux saisons chaudes, escorté d'un petit essaim de mouches frénétiques, qui lui bourdonnaient constamment autour de la tête, lui escaladaient le nez et lui lapaient les larmes au coin des yeux, avait jadis été un élégant et glabre condisciple de l'auteur de *La Lettre écarlate*. Gilbert n'était pas, semble-t-il, son vrai nom, et personne ne savait au juste quand il était né, alors personne n'allait chercher plus loin.

Les gens aimaient se perdre en spéculations et raconter des tas d'histoires sur Gilbert l'Ermite, surtout lorsqu'ils prenaient place autour de leur poêle à bois pendant les soirées d'hiver, à l'abri du blizzard rugissant au-dehors ; l'imaginer là-bas, dans le maelström, leur procurait un frisson réconfortant.

Howard fournissait Gilbert. Des choses du monde des hommes, Gilbert n'avait que très peu besoin, mais il lui fallait tout de même des aiguilles et du fil, de la ficelle, du tabac. Une fois par an, le premier jour de la fonte des glaces sur les étangs, vers le mois de mai, Howard se rendait en carriole jusqu'au relais de chasse du Camp Comfort Club, lui-même assez éloigné, et de là, trimballant sur son dos les fournitures dont il savait que Gilbert avait besoin, il s'enfonçait à pied sur un vieux sentier indien longeant le cours du fleuve. À un moment ou un autre en cours de route, Howard croisait le chemin de Gilbert. Les deux hommes se saluaient d'un hochement de tête. Ensemble, ils se frayaient un passage dans les broussailles pour gagner la rive, Howard avec son sac sur le dos et Gilbert avec son cortège de mouches et sa besace en daim. Arrivés au bord du fleuve, ils trouvaient chacun un rocher ou une touffe d'herbe sèche où s'asseoir. Howard sortait une blague à tabac du barda de provisions qu'il avait apportées pour Gilbert et la tendait à l'ermite. Gilbert ouvrait la petite boîte et la portait à ses narines pour inhaler lentement son contenu, savourer la presque humidité, puissante et sucrée, du tabac nouveau ; au moment où, chaque année, il retrouvait Howard, il ne lui restait plus que quelques brins de sa réserve précédente. Howard imaginait que le parfum du tabac frais était aux yeux de Gilbert une sorte de confirmation, la preuve qu'il avait bel et bien survécu une année de plus, traversé encore un hiver dans les bois. Après avoir humé le tabac et contemplé un moment le fleuve, Gilbert tendait la main vers Howard. Howard sortait une pipe d'une poche de sa veste et la donnait à l'ermite. Howard, hormis en cette occasion, ne fumait pas, et il ne gardait cette pipe qu'en prévision de cette unique fournée annuelle. Gilbert bourrait la pipe de Howard, puis la sienne (qui était très belle – sculptée dans un broussin de séquoia foncé et que Howard se représentait posée, autrefois, sur le porte-pipe en cuivre d'un bureau de doyen d'université), et les deux hommes fumaient ensemble et en silence en regardant rouler le torrent des eaux. Quand Gilbert fumait, sa meute de mouches se dispersait momentanément, mais sans indignation ni rancœur apparente. Quand ils avaient fini, chacun débarrassait le fourneau de ses cendres en tapotant sa pipe contre son rocher avant de la ranger. Les mouches se replaçaient en orbite autour de la tête de l'ermite (*Circum caput*, marmonnait-il), et il ouvrait sa besace en daim pour en sortir deux morceaux de bois grossièrement sculptés, l'un représentant une espèce d'élan, l'autre un castor, peut-être une marmotte, ou même un siffleux. C'était un ouvrage de si pauvre facture que Howard ne pouvait être sûr que d'une chose en voyant ces petits bouts de bois brut déposés par l'ermite entre eux sur l'herbe meurtrie d'hiver, c'est qu'ils étaient censés figurer un animal ou un autre. À côté des sculptures, Gilbert déployait ensuite une peau de renard magnifiquement dépecée, tête incluse, qui dégageait une vive odeur de viande pourrie. La panique s'emparait un instant des mouches, incapables de déterminer ce qui, de l'ermite ou de la dépouille, était le plus putride. Au bout du compte, elles demeuraient loyales à leur hôte vivant, plus capiteux. Howard posait sur l'herbe son sac de denrées, et chacun ramassait son butin. Les deux hommes avaient échangé peu de mots, les premières années de ce rituel printanier, et encore n'avaient-ils servi qu'à apporter quelques modifications à la commande de Gilbert. Une année, il disait : Encore des aiguilles. Une autre, il disait : Assez de thé – du café maintenant. Une fois la liste affinée et définitivement établie, les deux hommes ne parlaient plus du tout. Ces sept dernières années, ils ne s'étaient pas adressé une seule fois la parole.

Mais la dernière année où Howard alla à la rencontre de Gilbert dans les bois, ils parlèrent. Quand il retrouva l'ermite, il vit que la joue gauche de ce dernier était enflée et luisante comme une pomme mûre. Gilbert marchait d'un pas traînant, les yeux rivés au sol, la main posée sur la joue. Même les mouches, pleines de sollicitude pour les souffrances de leur mécène, semblaient lui bourdonner autour avec plus de prévenance qu'à l'accoutumée. Howard l'interrogea muettement en inclinant la tête de côté.

Gilbert murmura : Dent.

Howard ne pouvait imaginer que ce vieux fossile, ce reclus qui ne ressemblait plus guère qu'à un malingre écheveau de cheveux et de haillons, eût encore dans la mâchoire une seule dent capable de le faire souffrir. C'était pourtant le cas. Gilbert s'approcha, ouvrit la bouche, et Howard, plissant les yeux pour y voir plus nettement, aperçut dans l'humide et pourpre cavité dévastée, dressée tout au fond d'un remblai de gencive pour le reste désert, une unique dent, noire, fichée dans son trône de chair boursouflée et cramoisie. Une brise souleva un peu de l'haleine de l'ermite, et dans la tête de Howard, pris d'un haut-le-cœur, surgirent des visions d'abattoirs et de bêtes crevées sous des porches.

Dent, répéta l'ermite en montrant sa bouche.

Oh, oui, épouvantable, dit Howard avec un sourire compatissant.

L'ermite dit : Non ! Dent ! sans cesser de pointer du doigt vers l'intérieur de sa bouche. Howard comprit alors que le pauvre malheureux lui demandait de lui arracher sa dent.

Oh, non, non ! dit-il. Je ne saurais même pas…

Gilbert l'interrompit. Non ! Dent ! s'égosilla-t-il une octave plus haut qu'avant.

Mais je n'ai pas de… De nouveau, l'ermite ne le laissa pas finir, et le renvoya sans ménagement à sa carriole, postée cinq kilomètres plus loin, au relais du Camp Comfort Club.

Howard revint deux heures et demie plus tard avec une petite flasque de whisky de maïs provenant de la distillerie de Potts dans les montagnes et une paire de longues tenailles qu'il utilisait pour souder des petits morceaux de fer-blanc sur les récipients percés. Au début, Gilbert refusa tout alcool, mais lorsque Howard saisit la dent entre ses tenailles, le vieil homme s'évanouit. Howard prit dans le creux de ses mains un peu d'eau glacée du fleuve et en aspergea le visage de Gilbert. L'ermite revint à lui et, d'un geste du bras, demanda le whisky, qu'il but d'un trait, avant que la brûlure de l'alcool sur la dent infectée ne le fasse s'évanouir de nouveau. De nouveau, la gifle froide de l'eau remit Gilbert d'aplomb, et les deux hommes restèrent un moment assis à regarder un couple d'étourneaux poursuivre un corbeau sur la crête des sapins de l'autre côté du fleuve.

Les eaux du fleuve étaient hautes, après une première fonte rapide, et tumultueuses. Des voix semblaient se mêler au fracas de l'onde, comme si quelque peuplade humaine avait choisi de résider parmi les flots. Quand Gilbert se mit à divaguer et à réciter Virgile : *Vere novo, gelidus canis cum montibus humor liquitur*, Howard enfouit les tenailles dans la bouche de l'ermite, attrapa la dent fétide, et tira de toutes ses forces. La dent ne bougea pas. Howard lâcha prise. Gilbert eut l'air hébété pendant quelques secondes, puis s'évanouit une fois encore, s'effondrant d'un coup sur le dos, suivi de près par les mouches qui dessinèrent un arc parfait pour accompagner sa chute. Howard fut certain que son client était mort, mais un sifflement mouillé émanant de ses narines cerclées d'insectes indiqua bientôt qu'on pouvait encore compter l'ermite au nombre des vivants, ou quasi.

La bouche du vieil homme béait. Howard s'assit à califourchon sur ses épaules et pinça la dent entre les tenailles. Quand il parvint enfin à l'extraire, le visage et la barbe de Gilbert étaient inondés de sang. Une nouvelle éclaboussure raviva le patient. Quand il vit Howard dressé devant lui, les tenailles sanguinolentes dans une main et une dent aux racines extraordinairement longues dans l'autre, Gilbert tourna de l'œil.

Deux semaines plus tard, Howard fut réveillé par les aboiements de Buddy le Chien. Il sortit de son lit et alla ouvrir la porte de la cuisine pour voir s'il y avait peut-être dans la cour un ours ou une vache égarée. Sur le seuil avait été déposé un paquet, enveloppé dans du cuir gras et malodorant, et attaché par de la ficelle du même genre, reconnut-il, que celle qu'il vendait. Debout dans le clair de lune, Howard détacha la ficelle et déplia le cuir. Dessous, il y avait une épaisseur de velours rouge. Il la souleva et découvrit, aussi neuf que le jour où il avait été imprimé, pages non massicotées, un exemplaire de *La Lettre écarlate*. Howard ouvrit le livre. Sur la page de garde étaient écrits les mots *Pour Gilbert « le Péquenaud » : À la mémoire commune de jeunes gens dans la fleur de leur destinée. En témoignage de fidélité et de fraternelle amitié, Nath'l Hawthorne, 1852.*

À la fonte des glaces, l'année suivante, Howard sortit sa pipe du tiroir de la carriole où elle sommeillait, la frotta sur la cuisse de son pantalon, souffla dans le fourneau, et la glissa dans la poche de sa veste. Il prépara le barda de fournitures de Gilbert et remonta le sentier indien. Aucun signe de l'ermite. Howard refit le même trajet tous les jours pendant une semaine, mais Gilbert ne parut jamais. Le septième jour, Howard quitta le sentier, alla s'asseoir au bord du fleuve, et fuma une pipe du tabac qu'il avait apporté à l'ermite. Il écouta les voix du peuple des flots en fumant. Elles évoquaient tout bas un endroit, quelque part dans les profondeurs des bois, où sur un lit de mousse reposait un petit tas d'ossements, au-dessus duquel un bataillon de mouches endeuillées avait veillé durant tout l'automne précédent, jusqu'à ce que les gelées reviennent et qu'elles aussi, à leur tour, périssent.

Ceci est un livre. C'est un livre que j'ai trouvé dans une boîte. J'ai trouvé la boîte dans le grenier. La boîte était dans le grenier, sous les combles. Il faisait chaud et calme dans le grenier. L'air était saturé de poussière. La poussière provenait de photos et de livres anciens. La poussière dans l'air était faite du livre que j'ai trouvé. J'ai respiré le livre avant de le voir ; goûté le livre avant de le lire. Le livre a une couverture rouge marbrée. Il a de grandes pages. Les pages sont faites de lourd papier couleur d'amandes émondées. Le livre est rempli de mots. Les mots sont tracés à l'encre bleue. L'encre est épaisse et s'accumule par endroits comme de la peinture s'accumule sur une toile. Le papier n'absorbait pas l'encre. L'encre devait sécher avant que le livre ne puisse être fermé ou une page tournée. Le bleu de l'encre est si foncé qu'il paraît noir. Il n'y a que dans les fioritures ponctuant les empattements ou dans les lignes où la pression de la main sur la plume s'est allégée que le bleu se révèle. On dirait que c'est ton écriture. On dirait que c'est toi qui as écrit le livre. C'est une espèce de dictionnaire ou d'encyclopédie. Le livre est plein de notes tirées des coulisses de certains événements, plein d'une faible, froide lumière du Nord, de petites inventions tirées de brefs étés. Attends, je vais t'en lire un passage. Tu es bien installé ? Tu veux que j'abaisse un peu le lit ? Tu veux un peu d'eau ? Non ; tout le monde dort. Tu veux que je t'en lise un passage ? Tu ne te rappelles pas l'avoir écrit ? Ça ressemble vraiment beaucoup à ton écriture. À la mienne aussi, d'ailleurs, avec ces *f* comme des *s* allongés tranchés en deux par un tiret. Et ce mélange de cursives et de caractères d'imprimerie. Et si je commençais au début, par la première notation ? Non, c'est Charlie. Sam est allé chez notre mère se reposer un peu. Non, je crois qu'il ne fume plus, non. Pas depuis sa pneumonie l'hiver dernier. Oui, c'est bien vrai ; c'est vrai qu'il y a toujours eu la famille, quoi qu'il arrive. La première est

> *Cosmos Borealis* : Légère peau de ciel et de nuages et de montagnes sur l'étang immobile. Corps d'eau au-dessous vibrant de roseaux et de vase et de truites (scellées de peau de jour et de peau de nuit et de couvercles de glace), que nous tirons de l'eau par du fil de soie muni d'amorces de fourrure ou de plumes bariolées. Peau de verre de liquide de peau ; nos mots glissaient sur le lisse de la surface (reflets de lune levée, de tournoiement d'étoiles, de furtives chauves-souris), si bien que nous n'avions qu'à

murmurer d'un bout à l'autre de la vaste étendue. De verts éphémères florissaient en poudre sèche parmi les étoiles, filaments de lueurs blanches jaillissant des cosses qui remontaient du limon au fond de l'étang pour éclore sur la peau de l'eau. Nous murmurions d'un bout à l'autre des galaxies : Qui a besoin de Mars ?

C'est comment, d'être plein de foudre ? C'est comment, d'être écartelé de l'intérieur par la foudre ? Howard imaginait que c'était comme l'éruption d'une de ses crises. Bien qu'il ne s'en souvînt jamais après coup, il lui semblait, quoiqu'il fût transi de froid avant et de frissons après, qu'au cours de ses attaques son sang se mettait à bouillir et sa cervelle à grésiller dans la fournaise de son crâne. C'était comme si une porte secrète s'ouvrait d'elle-même pour laisser déferler une tempête d'électricité rageant quelque part aux confins du système solaire. Il imaginait cette porte. Fermée, elle était invisible, camouflée par les couleurs du monde (elle était dehors ; elle bougeait). Ouverte, elle était taillée dans du chêne brut et épais et béait vers l'extérieur. Sa poignée était en bois, car l'électricité, de l'autre côté, aurait fusé si elle avait été en métal. Howard se demandait souvent s'il y avait aussi une poignée du côté extérieur de la porte. Il n'arrivait pas à se le représenter, car la porte était soit fermée et dérobée au regard, soit grande ouverte, de sorte que le panneau avant, le côté peint de lumière et d'ombre, d'herbe et d'eau, se retrouvait face à la direction opposée. Dans l'encadrement de la porte ouverte se profilaient des ténèbres illimitées. Là, cernée par le noir de l'Univers, une roue de lumière. Des aiguilles d'électricité giclant du tourbillon d'étincelles. La plupart de ces éclairs s'illuminaient une fraction de seconde et disparaissaient aussitôt. Mais lorsqu'une décharge réussissait à se frayer un chemin par la porte et jusqu'à Howard, c'était sans retour ; elle s'agrippait à quelque chose à l'intérieur de lui et elle tenait, elle ne lâchait plus. Dans les heures froides, déchiquetées et engourdies suivant une crise, la confusion régnait ; la cervelle calcinée de Howard craquait et crépitait de braises bleues derrière ses yeux et il demeurait assis, avachi, mâchoire pendante, emmitouflé de couvertures, abasourdi par son festin de foudre. C'était comme si une créature bien intentionnée, désirant lui faire don de quelque chose de spécial, tendait le bras de derrière la porte pour le nourrir de volts. Non, pas une créature, même pas. Il y avait simplement la porte, ou peut-être les portes, ou peut-être pas la moindre porte, rien que les rideaux et les fresques de ce monde et l'Univers poudroyant d'étoiles était d'ordinaire obscurci par eux – les rideaux et les fresques – et Howard, par accident de naissance, goûtait à la matière crue du cosmos. D'autres âmes, inhumaines et plus vastes, se fussent peut-être régalées de telles agapes. Des anges, songeait Howard, mais l'image qu'il se faisait des séraphins, avec leurs longues boucles blondes, leurs robes blanches aériennes et leurs auréoles d'or, n'avait aucune commune mesure avec l'espèce plus effrayante, sombre et puissante qu'il faisait surgir, laquelle se gavait et se repaissait d'une nourriture qui, lorsque lui l'ingérait, au lieu de le rassasier, faisait instantanément éclater les coutures de sa frêle enveloppe charnelle. L'aura, le scintillement et le titillement annonçant l'imminence d'une crise, ce n'était pas la foudre elle-même – c'était l'air cuit que la foudre propulsait devant elle. L'attaque proprement dite avait lieu au moment précis où l'éclair touchait la chair, et en une fraction de temps si atomique, si presque immatérielle, si incorporelle, qu'il n'y avait quasiment pas d'avant ni d'après, pas de cause A menant à un effet B, mais simplement A, simplement B, sans même un *ensuite* entre les deux, et Howard devenait alors pure et inconsciente énergie. C'était comme le contraire de la mort, ou un peu comme ce qu'était la mort, mais d'une perspective différente : au lieu d'être évidé, désintégré jusqu'à la plus totale absence de soi, Howard accédait à ce même anéantissement par le débord, le trop-plein. Si mourir signifiait sombrer en deçà de quelque frontière humaine, ses crises, à l'inverse, le catapultaient bien au-delà.

Peut-être, songeait Howard, les rideaux, les fresques et les anges pastel sont-ils une forme de miséricorde, un pâle reflet de choses accordées à la fragilité des êtres humains. Chaque fois qu'il regardait les anges dans la Bible familiale, pourtant, il voyait les radieuses auréoles d'or, les resplendissantes robes blanches, et il tremblait de terreur.

Quatre-vingt-seize heures avant de mourir, George déclara qu'il voulait se raser. Il s'était toujours apprêté avec la plus extrême méticulosité. Ses vestes et ses chemises étaient toujours impeccablement coupées, quoiqu'elles ne fussent pas nécessairement du meilleur tissu ni du dernier cri. Les poils poussaient sur son visage par plaques inégales et pelées ; il n'aurait jamais pu se laisser pousser la barbe ou la moustache, si l'envie lui en était venue. Se raser en revêtait à ses yeux d'autant plus d'importance. S'il laissait passer une seule journée sans se raser, son visage poupon, hérissé de chaume épars, lui prêtait l'allure d'un infirme ou d'un enfant géant incapable de prendre soin de lui-même.

Bon Dieu, à quand ça remonte, la dernière fois que je me suis rasé ? Allez, un petit rasage. Il regarda sa famille assemblée dans la pièce. Il y avait sa femme, ses deux filles, Claire et Betsy, une théorie de petits-enfants déjà adultes, et la seule sœur qu'il lui restait, Marjorie, qui respirait par saccades, le cou entravé par une épaisse minerve suite à son dernier traumatisme cervical en date. La minerve était gainée de lin fauve assorti à son tailleur-pantalon. En dépit de l'asthme dont elle souffrait depuis toujours, elle fumait de longues cigarettes de dame sur la véranda, faisait tomber sa cendre d'une chiquenaude du pouce, les bras croisés, expirait de sifflantes petites bouffées de fumée bleue. Elle rangeait son paquet de cigarettes dans un étui en tissu à fermoir doré. L'étui était brodé de perles fauves dessinant des motifs de fontaines d'eau. Comme elle envoyait son mégot d'une pichenette dans les rhododendrons, elle entendit son frère et revint dans la pièce. La porte à moustiquaire se referma derrière elle avec un claquement bruyant, impie dans le presque silence funèbre et pesant. (Le matin où George, se sentant plus mal que d'habitude, partit à l'hôpital, il avait prévu ce jour-là de passer à la quincaillerie acheter un nouveau vérin hydraulique pour la porte ; l'ancien vérin n'offrait plus aucune résistance.)

Pourquoi personne n'a rasé Georgie ? Qui va raser Georgie ? C'est épouvantable. Georgie a une mine atroce. Mon Dieu, il a une mine *épouvantable*.

L'un de ses petits-fils, Samuel, dit : Oh, tatie Margie, tu as raison ; il faut qu'on lui redonne l'air à peu près présentable, à ce vieux bouc. Je vais le raser. Fais tes prières, papy, et ne bouge pas. Il avait envie d'étrangler sa grand-tante jusqu'à ce qu'elle crève et ensuite de fumer toutes ses cigarettes.

George dit : Je suis foutu.

Sam dit : À ton tour, corvée de douilleux.

George dit : Merci, j'ai *déjà* douillé hier soir.

Sam revint dans la pièce avec un bol d'eau brûlante et une serviette chaude, de la mousse à raser, et un minable rasoir jetable en plastique que sa grand-mère avait déniché pour lui dans une corbeille sous le lavabo de la salle de bains remplie d'affaires de toilette encroûtées de savon et à des stades divers de putréfaction. Il n'avait pas réussi à mettre la main sur le rasoir électrique de son grand-père, et George ne se souvenait pas où il avait pu le ranger. Personne n'eut la présence d'esprit de courir au drugstore acheter un rasoir neuf. Sam appliqua la serviette chaude sur le visage de son grand-père ; il aurait préféré fumer une cigarette, il aurait préféré ne pas se retrouver à devoir raser son grand-père devant une assemblée si harassée, hystérique. Le visage de George était secoué de légers tremblements, dus à la maladie de Parkinson. Les tremblements cessèrent quand Sam prit le visage de George entre ses mains. Sam retira la serviette, secoua la bombe de mousse à raser et appuya sur le diffuseur. C'était un vieil aérosol, exhumé en même temps que le rasoir des entrailles du cabinet de toilette sous le lavabo. Comme George se servait d'habitude d'un rasoir électrique, il n'avait pas besoin de mousse à raser. Le fond de l'aérosol était rouillé, et la marque n'était même plus fabriquée. De l'embout giclèrent quelques postillons blancs et visqueux dans la main de Sam.

Sam dit : T'en fais pas pour le bois, maman.

George dit : Papa en ramène un tas à la maison.

Sam secoua de nouveau la bombe, et il en sortit cette fois une noix de crème pouvant à peu près passer pour de la mousse. Sam barbouilla le visage et le cou de George. Il commença par les joues, qu'il ne rasa que dans le sens du poil. Les joues ne posèrent aucun problème. La lèvre supérieure fut plus difficile, la lèvre inférieure plus difficile encore.

Marjorie dit : Ne le *coupe* pas.

Les filles de George avaient le visage crispé. Betsy, la mère de Sam, dit : Fais attention, et adressa à son fils une grimace où se lisaient le danger, l'inquiétude et l'encouragement.

La femme de George, la grand-mère de Sam, dit : Fais-lui bien le menton ; il oublie toujours le menton.

Sam dit : Clope.

George dit : Quoi ?

Sam dit : Rien. Ne bougez pas, monsieur Kresge.

Monsieur Kresge, j'ai à me plaindre après vous, rapport à c'te peinture rouge que vous m'avez vendue et qui vaut pas un clou.

Puis vint le tour du fanon de George, ce sac de peau molle entre le bas du menton et le cou proprement dit, à petits coups de rasoir très légers. Sam le tira d'un côté, de l'autre, et fit précautionneusement frotter la lame sur la peau délicate de George. Sam, épuisé par l'effort de concentration et en manque de nicotine, continua de manière de plus en plus approximative. Alors qu'il croyait avoir terminé, il s'aperçut, en essuyant les dernières traces de mousse à raser sur le visage de George, qu'il restait un petit carré de poils drus, dissimulé dans un repli de la peau du cou. Au lieu d'y appliquer de nouveau un peu d'eau chaude et de mousse, Sam dit : Attends, loupé un endroit, puis, d'une pression du pouce, il aplatit la peau et donna un bref coup de rasoir. Le rasoir ripa et fit une entaille.

Merde, dit Sam.

George dit : Quoi ?

Ça saigne ! dit Marjorie.

La coupure n'était pas profonde mais impressionnante, libérant un filet rougeâtre qui s'écoula le long du cou de George, avant de se scinder en plusieurs affluents à l'embranchement de diverses rides et méandres, et tacha le haut de son pyjama en coton blanc, de sorte qu'il fallut, au prix d'une certaine gymnastique, sortir George de ses draps souillés puis le réinstaller dans des draps propres, procédure ardue, qui ne se résuma pas à un simple enchaînement de gestes mécaniques, dans la mesure où elle nécessita l'intervention des filles et des petits-enfants de George pour faire rouler de côté puis de l'autre le corps nu, livide et impuissant du vieil homme. Il fallut faire sortir Marjorie de la pièce au cours de cette scène.

Elle vit les épaules et le torse dénudés de George et dit : C'est *horrible* ! Mais *faites* quelque chose ! Ses yeux s'embuèrent et elle se mit à gémir.

George n'avait rien senti. Une fois le saignement étanché, l'entaille pansée par un sparadrap, et George redressé dans son lit dans un pyjama propre, Marjorie ainsi que les autres âmes sensibles de la famille revinrent dans la pièce. Sam tendit à George un miroir. George contempla son visage avec étonnement, comme si, après avoir toute une vie durant croisé son reflet dans les miroirs, les vitres, le métal et l'eau, il voyait à présent, à la fin, un personnage inconnu, impatient et grossier, prendre subitement sa place et, ignorant sa réplique, se hâter de faire son entrée en scène sans attendre que George en fût sorti d'abord.

Ce moment provoqua un nouveau soupçon d'inquiétude générale, et Sam s'empressa de dire : Alors, qu'est-ce que tu en penses ? George leva les yeux, perplexe. Sam dit : Du rasage. George regarda son petit-fils d'un air confus. Sam se pencha très légèrement en avant, vers son grand-père, le regarda droit dans les yeux et répéta, d'une voix plus douce : Qu'est-ce que tu penses du rasage ?

George dit : Oh ! Le *rasage*, tu dis ! Très, très bien. Me revoilà tout beau tout propre.

Sam dit : Comme Toto, le petit matelot.

George dit : Ah, ce garnement-là, un *sacré* petit roublard !

La route ravinée serpentait entre deux légers raidillons. Les arbres qui poussaient de part et d'autre ployaient vers la route, de sorte que leurs branches les plus basses venaient caresser l'herbe. Le soleil déclinait et le sommet des arbres scintillait, l'herbe longue scintillait, et entre les deux s'étirait un ruban d'ombres s'accrochant aux franges des branches basses. Howard, menant sa carriole le long du sentier, avait la sensation que dans son sillage les ombres se faufilaient sous la lisière de la forêt et glissaient le long de la pente pour se mêler à la terre. Derrière lui aussi, escortés par les ombres, des animaux venaient paître dans l'herbe sur les bas-côtés, et un renard roux botté de noir traversait en fusant le sentier lumineux, d'une ténèbre à l'autre. Pour Howard, c'était là le meilleur moment de l'après-midi, quand les premiers plis de la nuit se mélangeaient aux derniers lambeaux du jour. Il résistait à l'envie d'arrêter la carriole et de donner une pomme à Prince Edward pour aller se blottir dans les ombres, s'y asseoir paisiblement et se fondre dans le flot lent de la nuit, ou d'arrêter la carriole et demeurer simplement assis sur sa banquette à regarder les ombres s'approcher et s'agglomérer autour des roues de la carriole et des sabots de Prince Edward avant d'atteindre enfin la semelle de ses chaussures, puis ses chevilles, jusqu'à ce que mule, chariot et homme fussent ensemble noyés sous la houle de la nuit, parce que les secrets tapis dans les ombres à l'orée des arbres qui attendaient en bruissant qu'il fût passé, et qui faisaient se dresser les poils de ses bras et de sa nuque et se contracter la peau de son crâne quand il les sentait submerger, invisibles, la route tout autour de lui, se dissipaient dès qu'il essayait de les appréhender directement et s'éparpillaient alentour, soustraits de justesse à son champ de vision. L'essence véritable, la recette secrète de la forêt, de la lumière et de l'obscurité, était bien trop ténue et subtile pour être observée *à l'œil nu – poche d'eau et de nerfs, miracle lui-même, lui-même si ténu : attrape-lumière. Mais le mystère lui-même ne tient pas à la forêt, la lumière et l'obscurité, mais à autre chose, qu'éparpillent mon regard rustre, mon obtuse volonté. L'étoffe composite de feuilles et de lumière et d'ombre et de froissements de vent pourrait s'entrouvrir et me laisser ainsi entrevoir ce qu'il y a de l'autre côté ; une couture pourrait se défaire, ou être défaite. Le tisserand pourrait avoir raté une maille dans le feuillage d'un érable à sucre et cette seule maille de la matière quelconque dont le fil eût été tissé – lumière, gravité, noir des étoiles – se serait décrochée sous l'effet du vent qui sans cesse agace les bourgeons blancs et les feuilles vertes et les feuilles orange et sang et les branches nues et deux des morceaux de la matière quelconque dont le monde est cousu se seraient détachés l'un de l'autre, ouvrant ainsi une brèche pas plus large que l'épaisseur d'un doigt peut-être, que j'aurais la chance d'apercevoir parmi le feuillage diapré depuis cette charrette à tiroirs et l'agilité d'atteindre en grimpant au tronc argenté et le courage d'écarter en introduisant un doigt dans la déchirure, et qui offrirait à ce simple toucher une once de tranquillité ou de réconfort.*

Telle était la teneur des rêveries de Howard tandis que Prince Edward tirait la carriole avec une conviction tout animale le long des sentiers de terre sous le baldaquin des arbres, et il sombrait dans une espèce de stupeur éveillée, son esprit semblable alors à celui d'un homme qui dort mais dont les rêves sont façonnés par ses yeux grands ouverts.

Crepuscule Borealis : 1. L'écorce des bouleaux brille d'une lueur blanche et argentée à la tombée du jour. L'écorce des bouleaux pèle comme un parchemin. 2. Les lucioles étincellent dans l'herbe épaisse et tracent des halos autour des haies. 3. Les trouées entre les arbres ressemblent à des braises de charbon. 4. Les renards se terrent parmi les ombres. Les chouettes guettent du haut de leurs branches. Les souris s'affairent à leurs furtifs ramassis.

Une autre horloge extraordinaire dont l'existence est parvenue pour sa plus grande délectation à la connaissance de l'auteur est la clepsydre offerte par le roi de Perse à Charlemagne en 807.

Nos ancêtres déjà cherchaient sans relâche des façons de saisir le temps avec plus de précision que ne le permettait la projection des ombres du char d'Apollon sur un disque de métal gradué (car lorsque le soleil sombrait derrière les collines à l'occident, alors quoi ?), ou le brûlement de l'huile dans une lampe de verre striée de rainures régulières afin que l'écoulement des heures pût être grossièrement inféré de la progressive disparition du combustible. L'âme sensible et sensée qui un jour peut-être, goûtant un moment de repos sur la rive d'un ruisseau frémissant, fut capable d'entendre, se trouvant en cette disposition d'esprit à mi-chemin du rêve et de l'éveil qui semble si souvent ouvrir les hommes à la perception des poulies et des leviers par quoi se hissent les nuages, des mugissements célestes qui propulsent les vents, des roues et engrenages qui font tourner le globe, fut capable d'entendre une quelconque régularité dans le concert cristallin de l'eau sur les galets, cette âme-là est inconnue de nous. Remarquons alors qu'il suffit de l'arracher aux foisons du passé, de lui prêter peut-être de robustes sandales et une main assurée, un cœur accueillant aux choses de la nature et une tête tout entière vouée à l'avancement des hommes, pour l'observer de nos yeux émerveillés en train de manier, manipuler et triturer sans relâche diverses machines jusqu'à ce que de ses mains surgisse une invention permettant de marquer le temps au moyen d'un écoulement régulier d'eau dans les entrailles du mécanisme. Donnons-lui même un nom : Ctésibios d'Alexandrie, et portons à son crédit d'avoir élaboré un dispositif qui fut l'ancêtre de celui, offert par l'Arabe à Charles le Grand, grâce auquel ce dernier eut le loisir de décompter chaque instant des sept dernières années de sa vie. En premier lieu, d'un réservoir se déversait de l'eau en un flot constant, goutte à goutte, dans le réceptacle d'une coupe. À l'intérieur de cette coupe était placé un bouchon de flottaison, maintenu en place par une tige verticale. Au sommet de cette tige était fichée une figurine (nous pouvons nous la représenter arborant tunique et turban, une épaisse barbe noire et de féroces yeux noirs). Cette figurine tenait à la main une pointe (là encore, nous pouvons nous la représenter sous la forme d'une lance ou d'une flèche, brandie par le guerrier à la face d'un fantomatique adversaire). La figurine s'élevait à mesure que la coupe à l'intérieur de laquelle elle était placée se remplissait d'eau. Sa pointe remontait le long d'une colonne gravée de vingt-quatre encoches, correspondant à chacune des heures de la journée. Lorsque la figurine atteignait la vingt-quatrième encoche, l'eau à la surface de laquelle elle flottait débordait dans un siphon, lequel ainsi vidait la coupe de son eau, et la figurine redescendait au niveau de la première heure, à savoir celle du mitan de la nuit.

L'horloge offerte à Charlemagne ne possédait pas de telle figurine, mais un cadran présentant douze portes. À l'heure idoine, la porte idoine s'ouvrait, libérant le nombre idoine de petites billes dorées, qui tombaient une à une dans une timbale de cuivre tendue d'un carré de peau de chèvre. Lorsque l'heure de minuit était passée et que les douze billes avaient sonné leurs douze coups, douze cavaliers miniatures surgissaient pour refermer les douze portes.

Extrait du *Petit Horloger raisonné*,
du Rév. Kenner Davenport, 1783

George était déshydraté, quatre-vingt-seize heures avant de mourir. La plus jeune de ses deux filles, Betsy, assise à son chevet, essayait de lui faire boire un peu d'eau. L'hôpital avait fourni des dizaines de petites éponges roses plantées sur un bâtonnet en carton, chacune dans son emballage individuel. Les éponges devaient être plongées dans l'eau puis suçotées par les patients désormais incapables de boire dans un verre. Betsy trouvait que son père avait l'air grotesque, à téter ses éponges comme un bébé une sucette. Elle voulut le faire boire directement dans un verre.

Tu dois avoir tellement soif. Tu n'aimerais pas une vraie gorgée, plutôt que de sucer cette horrible éponge ? Elle ne parvenait pas à effacer de son esprit l'image de son père en train de mâchonner une éponge de cuisine sale récupérée au fond d'un évier.

George dit : Oh, ce serait merveilleux. Bon Dieu, ce que j'ai soif. Quand elle porta le verre à ses lèvres et l'inclina légèrement, il la regarda et l'eau dégoulina sur son menton. Quand elle trempa l'une des éponges et la planta dans sa bouche, il faillit l'avaler tout entière, bâtonnet compris. Il s'étouffa et s'étrangla. Elle retira l'éponge et elle était poissée d'une épaisse glaire blanche.

Ça fait du bien, dit-il. J'ai tellement soif.

Il était en train de mourir d'insuffisance rénale. Sa mort proprement dite serait provoquée par un empoisonnement à l'acide urique. Plus rien de ce qu'il parvenait à ingérer, solide ou liquide, ne ressortait de son corps.

Betsy dit à sa sœur, à sa mère et à ses fils : Il a l'air d'avoir tellement soif. Il faut qu'il boive.

Son fils Sam dit : La soif est le cadet de ses soucis. Et puis, de toute façon, on n'en est plus là ; il *va mourir*.

(Le printemps suivant sa mort et son enterrement au cimetière local, Betsy planta des géraniums rouges devant la plaque noire et polie de sa pierre tombale, sur laquelle avait été gravée une date de naissance erronée pour sa femme. Ce qu'il sera bien temps, avait dit sa femme, de faire corriger quand je passerai l'arme à gauche et qu'il faudra ajouter cette date-*là*. Betsy entretint les géraniums jusqu'à l'automne. Tous les jours après le travail, elle enfilait ses baskets et faisait à pied les trois kilomètres qui séparaient sa maison du cimetière pour aller parler à son père et arroser les fleurs. Il y avait un robinet et un bidon de lait de deux litres en plastique, gracieusement mis à disposition par le gardien. Elle remplissait le bidon et le déversait à la base des plantes cinq fois de suite, jusqu'à ce qu'elles baignent dans huit centimètres d'eau boueuse. Des ruisselets argentés filaient de la tombe à travers l'herbe verte. Si la sépulture n'avait pas été située à flanc de colline, ce qui permettait à l'eau de s'infiltrer et de se répandre rapidement, les fleurs auraient été noyées en moins d'une semaine.)

Tempest Borealis : 1. Le ciel vira au vif-argent. L'étang, reflété par le ciel vif-argent, vira au vif-argent. On aurait dit une nappe de mercure. Le vent soufflait et les arbres dévoilaient le dessous vert argenté de leurs feuilles. Le ciel vira de l'argenté au vert. Nous sommes allés au ponton où nos barques en bois étaient amarrées par la proue à des taquets en aluminium. Le bois délavé du ponton était d'un blanc argenté. Nous nous sommes agenouillés au bord du ponton et penchés si près de l'eau que la peau argentée du ciel a disparu et nous avons aperçu les brindilles, les algues, les vairons et les sangsues gonflées de sang frétillant sous la surface. Nous ne pouvions les voir, mais nous savions que des petites truites de ruisseau à ventre argenté frayaient à quelques mètres de nous, hors de notre portée, juste là, à l'endroit où la peau du ciel recommençait, derrière la ligne des barques. Les truites étaient invisibles dans l'eau, leur dos vert se mêlant aux algues et à la sphaigne verdâtre, jusqu'au moment où elles roulaient sur le côté et fendaient la peau de l'eau pour attraper des insectes, révélant alors leur ventre vert argenté. 2. Le vent se glissait parmi les pins tout autour de l'étang comme une rumeur, comme le murmure d'un vieil homme qui guette en marmonnant l'orage derrière la montagne. L'orage se levait derrière la montagne, embrumant les cimes. Des éclairs dévalaient la montagne pour venir s'abreuver à l'eau de l'étang, laper la surface de l'onde à coups de langue électrique, foudroyant les grenouilles aux yeux de billes, les truites minuscules et les vairons argentés. Le tonnerre craquait avec un fracas de tronc d'arbre abattu et faisait trembler la cabane en giflant la peau de l'eau.

Une tempête de fin de printemps avait recouvert les dernières jonquilles et les premières tulipes de petits capuchons de neige, fondus dès le retour du soleil. La neige semblait avoir des vertus revigorantes sur les fleurs ; leurs racines se gorgeaient d'eau de fonte glacée, leurs tiges se redressaient sous l'effet du liquide froid ; leurs pétales, souples et vigoureux, échappaient au glacis friable d'un vrai givre. L'après-midi se réchauffait, et avec la chaleur apparaissaient les premières abeilles, et chaque abeille s'installait dans une corolle jaune pour en téter le suc tel un nouveau-né. Howard arrêta Prince Edward, bien qu'il fût en retard dans ses tournées, donna une carotte à la mule, et s'enfonça dans la plaine emplie de pétales et d'abeilles, lesquelles ne parurent pas se formaliser le moins du monde de sa présence, parurent en fait, tout à leur frénésie printanière, ne pas même s'en apercevoir. Howard ferma les yeux et respira. Il sentit l'eau froide et la verdure froide, impavide. Ces fleurs nouvelles sentaient l'eau froide. Leur parfum n'avait rien des douces senteurs du plein été ; c'était l'odeur minérale de la verdure froide et crue. Il s'accroupit pour regarder une jonquille. Les six pétales de sa couronne étaient entièrement épanouis, déployés en un resplendissant soleil miniature. Une abeille avançait cahin-caha dans sa corolle en se massant les spiracles, les anthères et les styles. Howard se pencha aussi près qu'il put se le permettre (il imagina la pauvre abeille aspirée dans ses narines, la piqûre qui s'ensuivrait, la blessure regrettable, l'insecte extirpé, mort, déposé sur le dos dans l'herbe froide et aplatie) et huma une nouvelle fois. Il détecta une touche sucrée, presque imperceptible, mêlée au froid minéral, mais elle lui échappa dès qu'il prit une nouvelle inspiration afin de mieux la sentir.

Le champ était une parcelle abandonnée. On distinguait, au fond, les vestiges d'une vieille bâtisse, depuis longtemps tombée en ruine. Les fleurs devaient être les dernières descendantes de plusieurs générations de pousses vivaces, dont les ancêtres avaient été plantées par une femme habitant ces ruines quand ces ruines étaient encore une maison de bois brut et nu, où elle vivait en compagnie d'un mari sérieux et cendreux, et peut-être deux filles sérieuses et silencieuses, et les fleurs étaient un acte de résistance contre la nudité brute de cette parcelle, avec cette maison brute érigée sur la terre brute comme un acte de pure, inévitable et nécessaire folie parce qu'il faut bien que les êtres humains vivent quelque part et ici fait tout aussi scandaleusement mal l'affaire qu'ailleurs parce qu'ici ou là (n'importe où) on dirait une interruption, une violence à l'encontre de quelque chose qui, peu importe combien de fois elle ait lu dans sa Bible : *Et qu'ils dominent*, semblait souillé, disloqué, vaincu sitôt que les gens arrivaient avec leurs voix, leurs scies et leurs charrues catastrophiques et se mettaient à chanter, marteler, découper, bâtir. Les fleurs, ainsi, étaient peut-être un baume, ou du moins un semblant de geste symbolisant le baume qu'elle aurait administré s'il avait été en son pouvoir de remédier aux choses. Les fleurs parmi lesquelles marchait à présent Howard étaient les rares et dernières héritières de ce bref épisode local de désastre et de régénération, et il se sentait alors tout proche des secrets qui éveillaient si souvent sa curiosité et dont il ne comprenait avoir frôlé la révélation qu'après que ce frôlement eut affleuré à sa conscience, et ce phénomène, de prise de conscience, était cela même qui aussitôt l'en éloignait, de sorte que toute intuition, même la plus infime perception, ne lui était accessible que rétrospectivement, comme une sorte de rémanence, une lueur persistante mais insaisissable par les mots. Il songeait : Mais par l'herbe et les fleurs et la lumière et l'ombre peut-être ?

Howard ouvrit un tiroir de sa carriole et prit une boîte d'épingles, qu'il raya de son registre d'inventaire et régla de sa poche avec deux sous ternis. Il noua quatre bouts de bois à leurs extrémités avec des brins d'herbe. Puis il choisit d'autres brins d'herbe, en fonction de leur largeur. Il aligna ces derniers sur le cadre en bois et les fixa avec les épingles. Il étira les premiers brins d'herbe avec trop de force et les épingles les déchirèrent. Enfin il trouva la juste pression, le degré exact de tension que les brins d'herbe pouvaient supporter sans que la tige des épingles creuse une entaille dans leur texture. Il les punaisa en ordre alterné, l'un de la racine à la pointe, de gauche à droite, le suivant de la pointe à la racine, afin que l'herbe recouvre le cadre en bois d'une toile unie de vert. Quand il eut fixé le dernier brin d'herbe sur le cadre, Howard ouvrit un autre tiroir dans la carriole et en sortit une paire de ciseaux de couture. Sur la boîte en carton brun dans laquelle ils étaient rangés, un dessin représentait ces mêmes ciseaux en train de découper un rouleau de tissu. Ils étaient emballés dans une couche d'épais papier blanc nuageux. Howard déplia soigneusement le papier, prit les ciseaux et égalisa les brins d'herbe pour qu'ils ne dépassent pas des bordures du cadre. Il prit soin de ne couper qu'avec la pointe des ciseaux, et, quand il eut terminé, il essuya les lames sur la manchette de sa chemise (où s'imprimèrent des taches d'herbe vertes en forme de têtes de flèche), remballa les ciseaux dans leur papier, les remit dans leur boîte, et remit la boîte dans son tiroir. Il tendit l'objet au vent, espérant en faire jaillir une note. Il tendit l'objet au soleil, et le vert s'éclaira en un tableau lumineux.

Le champ, outre les pousses vivaces, était piqueté de fleurs sauvages. Howard ramassa des boutons-d'or (*habitat : vieux champs, prés, zones perturbées*) et des petites fleurs blanches qui tremblaient dans la brise et dont il ignorait le nom. Il les tressa par la tige à sa trame d'herbe, alternant les fleurs jaunes et blanches. Il tissa ainsi cent fleurs. Des biches vinrent paître dans les ombres allongées. Lorsqu'il leva les yeux, le jour touchait à sa fin. Il avait oublié ses tournées. Le seul argent tintant dans sa sébile était les deux sous tirés de sa propre poche pour les épingles. À Cullen, son agent, reviendrait la totalité du premier et la plus grande partie du second. Howard songea à tailler un copeau de penny, pas plus épais qu'une rognure d'ongle, l'orbe convexe émoussé et sale, le concave étincelant et net, puis rentrer chez lui, auprès de Kathleen, et laisser tomber ce fragment dans la paume de sa main. Il imagina sa surprise et sa colère coutumière, puis cette colère remplacée par la surprise à nouveau puis le ravissement quand il brandirait la tapisserie d'herbe et de fleurs dissimulée dans son dos et la remettrait entre ses mains. Elle contemplerait l'ouvrage, penchant la tête de-ci de-là, la tendrait à bout de bras entre elle-même et une lampe à huile, comme lui tout à l'heure avec le soleil, pour voir s'illuminer le vert vivant. Elle approcherait le cadre de son visage et sentirait les fleurs et les tiges brisées. Elle tiendrait le cadre à l'horizontale sous son menton relevé et lui demanderait en riant si les boutons-d'or se reflétaient sur sa peau. Elle dirait : Ces fleurs blanches, là, on les appelle des fleurs de vent.

Howard frissonna, soudain transi de froid. L'été détremperait la terre mouillée, mais, pour l'heure, l'eau était si minérale et dure qu'elle semblait résonner. Howard entendait la réverbération de l'eau sillonnant le sol et s'enroulant autour des racines. L'eau baignait l'herbe jusqu'à hauteur de cheville. Des flaques ondulaient, scintillant dans la lumière qui perçait les nuages pour s'y refléter ; on aurait dit des cymbales en étain. On aurait dit qu'au moindre effleurement elles pourraient tinter. Les flaques résonnaient. L'eau résonnait. Howard laissa tomber sa tapisserie d'herbe et de fleurs. Les abeilles se mirent à bourdonner à l'unisson d'un même accord résonnant, une pulsation. Le champ se mit à résonner et tournoyer.

Quatre-vingt-quatre heures avant de mourir, George pensa : Parce qu'ils sont comme les carreaux disjoints d'une mosaïque, tout juste assez espacés pour pouvoir changer de place, même si ce n'est que quelques-uns à la fois et en un seul endroit, de sorte qu'on n'a pas l'impression que ce sont eux qui bougent mais l'espace vide entre eux, et cet espace vide est l'espace qui manque, les quelques derniers morceaux de verre coloré, et quand ces morceaux seront en place, ils feront apparaître l'ultime tableau, l'ultime agencement. Mais ces morceaux, lisses, brillants, laqués, sont les plaques sombres de ma mort, en gris et noir, et délavées, exsangues, et, jusqu'à ce qu'ils se mettent en place, tout le reste continuera de se déplacer. Et ainsi cette fin dans la confusion, où le moment où tout s'arrêtera me demeure à jamais inconnu, et ce déplacement est cet espace même, est cela même qui reste à advenir, et qu'il appartiendra à d'autres de voir comblé où que ce soit dans le cadre au bout du compte quand les derniers morceaux se seront mis en place et que les autres s'arrêteront, et ainsi apparaîtra le motif fixe, l'agencement définitif, mais pas même ça, parce que cette finitude définitive sera elle-même un fragment de déroulement, un petit tas de morceaux nacrés qui pour l'essentiel resteront solidaires mais se déplaceront au sein d'un autre ensemble et auxquels se mélangeront d'une infinité de façons les souvenirs d'autres que moi, de sorte que je demeurerai un agrégat d'impressions poreux et ouvert à de possibles combinaisons avec tous les autres fragments vitreux flottant ici et là dans le cadre des autres, parce qu'il y a toujours cet espace libre réservé pour le reste de leur propre existence, et aux yeux de mes arrière-petits-enfants, où l'espace l'emporte encore sur les morceaux fixés, je ne serai que le brumeux alliage d'une théorie de rumeurs, et aux yeux de leurs arrière-petits-enfants je ne serai qu'une teinte dans la composition de quelque obscure couleur, et aux yeux de leurs arrière-petits-enfants rien dont ils auront jamais entendu parler, et ainsi de quelle armée d'étrangers et de fantômes j'aurai tiré ma forme et ma couleur en remontant jusques aux temps d'Adam, jusques aux temps où de côtes moulées dans le sable fondu et soufflé surgirent les morceaux de verre qui absorbèrent la lumière de ce monde parce qu'ils étaient faits de ce monde, même si les éphémères locataires de ces morceaux de verre coloré les ont quittés avant d'avoir compris même de la façon la plus trouble ce que c'est que de les habiter, et si la fortune leur-nous sourit (oui, j'ai de la chance, de la chance), et si la fortune nous sourit, si nous connaissons d'éphémères moments de contentement à considérer qu'il nous est donné, sinon de jamais résoudre, du moins de contempler ce mystère, ou même rien que de pressants petits mystères personnels, sans même parler de ceux du monde au dehors – existe-t-il même des mystères dans le monde au dehors ? en soi une énigme – mais enfin bon, des mystères personnels, par exemple où est mon père, pourquoi ne puis-je mettre fin à tout ce mouvement et observer les vastes agencements et trouver grâce aux contours et aux couleurs et aux qualités de la lumière où est mon père, non pas pour résoudre quoi que ce soit mais ne serait-ce simplement que pour voir cela une dernière fois, avant quoi, avant que ça ne finisse, avant que ça ne s'arrête. Mais ça ne s'arrête pas ; ça finit seulement. C'est un tableau final aussitôt décomposé sans même un instant de répit à la fin, à la fin de quoi, à la fin de ça.

Howard se tenait dans la pénombre sur le seuil, perclus de froid, trempé et crotté. Il était neuf heures – quatre heures après l'heure du dîner et une après celle du coucher de ses filles, Darla et Marjorie, et de son fils cadet, Joe. Quant à son aîné, George, l'heure de son coucher était imminente, plus tardive que les autres en raison de son travail après l'école, ses obligations du soir (il était notamment chargé de préparer son frère à se mettre au lit parce que son frère avait dix ans mais sept de moins d'âge mental) et ses devoirs. La famille était assise à la table de la salle à manger, les deux filles d'un côté, les deux garçons de l'autre, sa femme, Kathleen, tout au bout, et sa propre chaise vide, devant laquelle était posée une assiette pleine de nourriture froide. Devant sa femme et chacun des enfants était posée une même assiette pleine de nourriture froide. Hébété, épuisé, sa première pensée quand il les vit ainsi fut : Les enfants doivent être au bord de la crise de nerfs. Il n'avait aucune idée de l'heure, savait seulement qu'il était tard, et pour la deuxième fois de la journée il eut l'impression d'être prisonnier d'une sorte de dédoublement du temps, comme si, pitoyable, frigorifié et ensanglanté, il avait apporté la nuit avec lui en pénétrant dans la salle à manger et troublé l'heure normale du repas de sa famille en y mélangeant le chaos de sa propre temporalité. Il ne parvenait pas bien à se défaire de cette vision, comme s'il avait débarqué dans un monde parallèle où il était parfaitement naturel de dîner en famille à neuf heures du soir. Kathleen le regarda. Elle ne dit rien. Howard ne savait trop si elle attendait de lui qu'il entre dans la pièce, traînant derrière lui un sillon de boue, prenne place à table, baisse la tête et prononce le bénédicité comme il le faisait toujours – Réjouissons-nous car il n'est rien de meilleur – puis saisisse fourchette et couteau et entame son assiette de nourriture froide et figée comme si elle était encore chaude et que lui-même n'était pas souillé, mouillé, entaillé de partout, et qu'il n'était pas neuf heures du soir et que le monde était tel qu'il devrait être plutôt que tel qu'il était.

Joe retira son pouce de sa bouche et dit : Papa est cracra !

Darla regarda son père et dit : Maman, maman, maman !

Marjorie laissa échapper un chuintement rauque et dit : Papa. Tu. Es. *Dégoûtant !*

Joe dit : Papa est cracra ! Papa est cracra !

Darla, les yeux rivés sur le seuil plongé dans la pénombre où se tenait Howard, disait : Maman, maman, maman, d'une voix chaque fois un peu plus forte, chaque fois un rien plus stridente, même après que Kathleen eut jeté un regard aux enfants et, sans prononcer un mot, leur eut ordonné de rester assis à leur place, puis se fut levée pour l'emmener dans la buanderie, lui trouver des vêtements secs et nettoyer son visage et ses mains maculés de boue avec un gant de toilette.

George se leva, alla auprès de Joe et dit : Oui, Joe, c'est vrai, papa est cracra, mais maman est en train de l'aider à redevenir tout propre et ensuite on pourra enfin manger. George donna à Joe sa couverture, que dans toute cette agitation il avait laissée tomber par terre.

Joe enfonça un coin de la couverture dans sa narine et son pouce dans sa bouche, mais continua à dire : 'a'a est 'ra'ra, le pouce coincé entre les dents.

George alla auprès de Darla, trempa le bout de sa serviette dans son verre d'eau et lui en tamponna le front en disant : Tout va bien, Darla, tout va bien, jusqu'à ce qu'elle retrouve plus ou moins son calme.

Il faut que maman fasse quelque chose, il faut que maman fasse quelque chose, murmurait-elle. Marjorie, à cause de son asthme, sifflait quand elle respirait et sa voix s'étranglait en une sorte de couinement. Bon, dit-elle en haletant, eh bien, moi – elle prit une inspiration, puis une autre, et une autre encore, afin d'avoir assez d'air pour lâcher le mot –, je *mange*. Elle se pencha vers sa purée depuis longtemps refroidie. Quand elle souleva l'assiette creuse, elle fut prise d'une faiblesse, la laissa retomber sur la table et se renfonça dans sa chaise. George dégagea sa chaise de la table et l'aida à se mettre debout.

Il dit : Il faut que tu ailles te coucher. Je vais chercher tes serviettes pour ton bain de vapeur et ta poudre contre l'asthme. Ne t'occupe pas de ce que dit maman. Je t'apporterai un peu de poulet et de pommes de terre.

Kathleen nettoyait Howard dans la buanderie. Howard s'était assis et, en silence, appuyait le bout de sa langue contre son palais pour éprouver la gravité de la morsure. Kathleen lui frotta le visage jusqu'à ce que la peau de ses joues soit à vif, luisante et presque aussi rouge que le sang qu'elle venait d'éponger. Howard dit : Je me souviens que ma mère avait fait les mêmes gestes la première fois que ça m'est arrivé. Kathleen boutonna la chemise qu'elle lui avait fait enfiler et dit : Maintenant tu peux aller dîner avec ta famille.

Quand ils eurent terminé leur repas, débarrassé la table et changé de vêtements pour la nuit, il était dix heures et quart. À aucun moment, Kathleen ne laissa paraître qu'il y eût un quelconque problème. Elle se comporta comme si l'intervalle de quatre heures pendant lequel elle avait obligé sa progéniture à patienter devant les assiettes froides en attendant Howard n'avait jamais existé. Quand il surgit dans l'allée, avachi sur sa carriole, tirée d'un pas lent mais déterminé par Prince Edward, et entra en chancelant dans la maison, elle reprit le cours de la soirée comme s'il était cinq heures de l'après-midi, comme si elle avait fait glisser d'un coup l'aiguille de l'horloge de la cinquième à la neuvième heure du soir, ou pris les quatre heures écoulées entre-temps et les avait bannies, ou comme si elle s'était tyranniquement imposé, à elle-même et à ses enfants, une sorte de torpeur, laissant peser sur eux et sur elle-même le fardeau de quatre heures additionnelles dont il appartiendrait dès lors à chacun de se dépêtrer et de se préoccuper jusqu'à la fin de leur vie, d'abord comme une pure énigme, isolée, étrange et incomestible, puis, plus tard, comme le prélude annonciateur de cette autre soirée, près d'un an plus tard, où de nouveau elle-même et les enfants se retrouveraient assis devant des assiettes pleines de nourriture froide en attendant le retour de Howard, en attendant les bruits de la carriole, de la mule et du ballottement de la selle, mais où cette fois il ne devait jamais rentrer.

Une fois les filles et Joe couchés, la cuisine nettoyée et Kathleen partie dans la chambre passer sa chemise de nuit, Howard, toujours abasourdi, toujours crépitant des décharges électriques de sa crise, interrompit le petit George affairé à ranger ses livres et ceux de ses sœurs, et dit : George, je... Et George dit : C'est pas grave, même si ce n'était pas vrai, et parce que sa mère et son père s'étaient toujours débrouillés pour que soit épargné aux enfants le spectacle concret d'une crise et pour continuer à faire comme si l'épilepsie n'existait même pas, les rumeurs entourant la maladie, les euphémismes bizarres et les silences sibyllins étaient encore plus terrifiants que le problème qu'ils étaient censés camoufler. Puis George alla se coucher. Howard se dirigea d'un pas traînant dans le noir vers le poêle Franklin du petit salon et, parce qu'il grelottait encore de froid, il le remplit à ras bord de bûches de bouleau avant d'aller à son tour, enfin, se coucher.

Howard, Kathleen et les enfants se réveillèrent tous en même temps, peu avant l'aube, trempés de sueur. Ils entrèrent tous en même temps dans le petit salon, titubant comme des somnambules, et virent le poêle en fonte luire de chaleur blanche et vibrer comme un caillot de braise brûlante.

2

Les matins commençaient dans le noir. Ils commençaient par les préparatifs de la journée, pour que la maisonnée bouillonne déjà d'activité lorsque le soleil se hisserait au-dessus de l'horizon invisible puis dans les branches des arbres encore enténébrés.

Remplir la réserve de bois pour le poêle. Remplir de lait le seau à lait. (Cette façon qu'a le seau, en brinquebalant contre la jambe de George tandis qu'il traverse la cour, de déchirer la nuit lisse, de réveiller les autres enfants, qui reniflent, bâillent, se calfeutrent au fond de leur lit tiède, redoutant l'air froid et les corvées matinales. Maman trouvera Marjorie assise dans son lit, la respiration sifflante. Darla ouvrira les yeux et dira : Le soleil est en retard. Le soleil est en retard ! Je suis sûre qu'il s'est levé plus tôt hier ! Maman ! Il y a quelque chose qui cloche ! On surprendra Joe en train d'enfiler sa salopette à l'envers, et il réclamera en souriant des pancakes au sirop d'érable, son repas préféré.) Aller chercher l'eau. Faire du feu.

Tes matins froids sont remplis du chagrin qui te vient à l'idée que, quoique nous y soyons peu à notre aise, ce monde est tout ce que nous avons, qu'il nous appartient mais qu'il est plein de discorde, et qu'ainsi nous ne possédons jamais rien d'autre qu'un peu de discorde ; et pourtant, c'est toujours mieux que rien, n'est-ce pas ? Et lorsque de tes mains engourdies tu fends le bois enguipuré de givre, réjouis-toi car ton incertitude est la volonté de Dieu et la grâce qu'Il t'accorde et c'est *cela* qui est beau, et relève d'une plus vaste certitude, comme le disait toujours ton père dans ses sermons et à toi dans l'intimité. Et quand la hache mord dans le bois, trouve le réconfort à te dire que la douleur de ton cœur et la confusion de ton âme signifient que tu es toujours vivant, toujours humain, et toujours ouvert à la beauté du monde, même si tu n'as rien fait pour la mériter. Et lorsque la douleur de ton cœur te contrarie, souviens-toi : Bien assez tôt, tu seras mort et enterré.

Howard était contrarié par la douleur de son cœur. Il était contrarié de la retrouver chaque matin au réveil, et qu'elle perdure au moins jusqu'à ce qu'il se fût habillé et eût avalé un peu de café chaud, sinon jusqu'à ce qu'il eût chargé sa marchandise dans sa carriole, nourri et attelé Prince Edward, sinon jusqu'à la fin de sa tournée quotidienne, sinon jusqu'au moment où il s'endormait le soir, sinon jusqu'à le tourmenter dans ses rêves. Il était contrarié à part égale par la douleur et par la contrariété elle-même. Il était contrarié d'être contrarié parce que c'était le signe des propres limites de son esprit, de son humilité, quand bien même il comprenait que tel était le fardeau de chaque homme. Il était contrarié par la douleur parce qu'elle était importune, parce qu'elle semblait imposée, une sentence, et, en dépit des exhortations qu'il se lançait à lui-même chaque matin, elle le désarçonnait parce qu'elle était là que la journée fût belle ou mauvaise, qu'il fût exposé à la plus grande bonté ou à la plus infime vexation, qu'il fût subjugué par une tristesse de nulle part ou par un élan de joie spontanée.

Ce matin-là – le lundi matin suivant le vendredi matin où il était tombé une neige d'avant-aube et où Howard s'était arrêté pour contempler un champ qui avait jadis été une terre habitée et qu'il avait, l'esprit en fugue, confectionné un assemblage de brindilles, d'herbe et de fleurs, dont il avait déjà tout oublié, puis qu'il avait eu une crise et s'était réveillé grelottant au beau milieu du champ et qu'il avait fini par comprendre qui il était et où il était et qu'il était rentré chez lui –, ce matin-là fit naître en lui la peur que ne le guette, quelque part au détour d'une des routes de traverse qu'il comptait sillonner, une autre crise, un éclair de foudre tapi derrière un rocher ou une souche ou dans le creux d'un arbre ou dans quelque nid étrange et qu'il déclencherait sur son passage, prêt à bondir, exploser, et l'empaler.

Cette vanité ! Quelle impudence que de s'ériger ainsi soi-même en cible de telles attentions, bonnes ou mauvaises ! Projette-toi au-delà de toi. Regarde le sommet de ton poussiéreux chapeau : du feutre minable, défraîchi et rapiécé avec les lambeaux de ton précédent feutre défraîchi et rapiécé. Quelle couronne ! Quel roi tu dois être pour t'attirer semblable courroux, quelle sommité pour que Dieu s'interrompe dans Ses tâches et te bombarde de foudre ! Élève-toi encore, au-dessus des arbres. Déjà ta couronne se discerne à peine parmi la terre de la route et la tourbe du fossé. Mais tu demeures remarquable. Monte plus haut, jusqu'à l'altitude où planent les merles peut-être. Où es-tu donc passé ? Oh, là, te voilà. Je crois. C'est bien toi, n'est-ce pas, cette petite miette rampante ? Eh bien, monte encore plus haut, alors, jusque dans le ventre des nuages. Où es-tu donc passé ? Et toujours plus haut, au point maintenant que, si tu n'y prends garde, tu risques de te tordre un orteil en heurtant les collines de la lune. Où es-tu ? Qu'importe ; où sont ta maison, ta province, ton pays, ton continent ? Ah, oui, voilà ! Et encore plus haut, que tes cheveux et tes cils s'embrasent au contact des flammèches du brasier solaire. Sur lequel de ces brillants corps célestes mènes-tu ton règne de poussière, ta carriole de savon ? Celui-ci, fort bien. J'espère que tu as raison – ils n'ont guère besoin d'un marchand de ferraille, sur Mars. Et plus haut à nouveau, au-delà de la huitième planète, celle qui porte le nom du roi de la mer. Et encore plus haut, au-delà de la ténébreuse neuvième, qui n'existe pour l'heure que dans les rêves des hommes sur la pla… Eh bien ! Où es-tu donc passé ? Où, parmi ces millions de facettes étincelantes, est ta place ? Où donc est le lieu où tu ahanes, rétames, t'effondres et te convulses dans les herbes folles ?

Le temps se réchauffait, et, le dimanche après l'église, la famille s'installait sur la véranda. La véranda longeait la façade avant de la maison, bordée d'un épais collier de fleurs sauvages. Aux premiers jours de juillet, il y avait des anthrisques et des ancolies, des épervières et des myosotis, des Suzanne-aux-yeux-noirs et des jacinthes bleues. Il y avait un massif de salicaires parmi la digitaire et le trèfle parsemant la pelouse, entre la véranda et l'accotement de la route. Le plancher de la véranda était inégal, marquant une légère déclivité d'un bout (devant la porte d'entrée) à l'autre (juste après la fenêtre, par laquelle on apercevait la table de la salle à manger). Vues de la route, la maison semblait pencher vers la gauche et la véranda vers la droite, si bien qu'elles ne paraissaient tenir en place que par l'équilibre mutuel de leur seule force de gravité. Vues de côté, en revanche, on avait l'impression que c'était le contraire, qu'elles s'affaissaient l'une contre l'autre et ne restaient debout que par la grâce de leur poids conjugué. Vu de n'importe quelle perspective, l'édifice avait surtout l'air d'un gourbi. Tous les murs semblaient sur le point de s'écrouler, les uns sur les autres, et le toit chancelant de s'effondrer par-dessus l'enchevêtrement de ruines, jusqu'à ce que la maison aplatie ne ressemble plus qu'à un jeu de cartes soigneusement tassé.

La véranda n'avait pas été peinte, et le bois délavé du plancher était d'un blanc argenté. Quand le ciel s'emplissait de nuages, il prenait souvent la même teinte argentée que le bois, de sorte qu'il ne semblait lui manquer qu'un peu de grain pour devenir bois, et qu'au bois ne semblait manquer qu'un souffle de vent pour tressaillir et devenir ciel. Il y avait un endroit dans le plancher, juste à droite de la porte, qui, lorsqu'on marchait dessus, faisait tanguer toute la véranda comme si elle était posée sur une branche. Il y avait deux chaises décrépites ; un vieux fauteuil à bascule, jadis peint en rouge, dans lequel Kathleen s'asseyait pour écosser des petits pois ou couper des haricots et aboyait : Reste là où je peux te voir, à l'intention de Joe, qui se roulait dans le champ d'à côté. Howard s'asseyait dans l'autre chaise. C'était une vieille chaise à dossier en échelle, qui formait un parallélogramme avec le sol et penchait d'un côté ou de l'autre, selon la position de Howard, et dont les lattes du dossier ne cessaient de se disjoindre, l'obligeant à se lever toutes les deux minutes pour les recaler d'un coup sec. Les enfants s'asseyaient sur des seaux retournés ou des caisses d'emballage. Buddy le Chien et Russell le Chat s'allongeaient dans les flaques de soleil. Darla et Marjorie aidaient

Kathleen – Marjorie quand elle n'était pas à l'étage, clouée au lit par une crise d'asthme provoquée par le pollen et l'ambroisie, et Darla quand elle n'apercevait pas une guêpe ou une araignée, ce qui, tôt ou tard, arrivait immanquablement et la faisait détaler à l'intérieur en poussant de grands cris, passant en trombe, bien souvent, sur la zone instable du plancher, si bien que le reste de la famille se retrouvait à essayer de garder l'équilibre sur la véranda vacillante tandis qu'elle courait se réfugier dans les profondeurs caverneuses de la maison. Howard et George jouaient au crib.

Sept.

Quinze pour deux.

Vingt-quatre pour trois.

Trente pour quatre.

Go.

Trente et un pour deux.

Ils jouaient sans plateau de jeu et tenaient les scores en additionnant leurs points dans les marges de la rubrique des bandes dessinées du journal. *Papa a dit : George, je ne trouve pas le plateau de crib, et j'ai dit : C'est bizarre, papa ; il devrait être sur la véranda, là où on l'a laissé la dernière fois. J'ai fait semblant de l'aider à chercher pendant une heure, jusqu'à ce qu'il déclare forfait et que je fasse semblant de laisser tomber moi aussi, et alors on s'est servis d'une feuille de vieux papier journal pour compter les points. C'est moi qui ai pris le plateau. Je l'ai volé et emporté dans la cabane de Ray, où nous fumions et jouions au crib pour des billes ou une pointe de flèche.*

T'as loupé un quinze, et le valet de la bonne couleur, ça fait trois de plus.

Tiens, en effet. Tu m'as encore eu, George.

Je sens venir le skunk, un double skunk.

Kathleen dit : George, va chercher ton frère. Va le chercher.

Interdiction de regarder.

Promis. George sauta de la caisse d'emballage.

Vas-y. Alors il y alla. Il contourna la maison, appela son frère, et quand il l'aperçut, perché dans un arbre en train de mâchonner une poignée de fleurs, il ramassa une pierre et la lui lança. Le caillou atteignit Joe à l'oreille et il se mit à pleurer. George dit, d'une voix assez forte pour que sa mère et son père l'entendent de l'autre côté de la maison : Oh, Joe, pleure pas. Je vais t'aider à descendre de là. Joe, pleure pas. Je vais t'apporter un peu d'eau pour faire passer le goût amer de la bourrache et des marguerites.

Et les bateaux miniatures construits avec de l'écorce de bouleau et des feuilles mortes, lancés dans une eau froide aussi claire que l'air ? Combien de flottes furent-elles ainsi propulsées jusqu'au milieu des étangs ou au fil des ruisseaux d'automne, chargées d'un trésor de glands, de plumes noires, ou d'une mante déconcertée ? Célébrons ces embarcations d'herbe au même titre que les grandes coques de fer qui fendent la mer, car toutes sont des improvisations nées des rêveries de l'homme, et toutes périront, sous l'assaut de l'océan ou d'une brise d'octobre.

Et que dire des esquifs voués au feu ? Un soir au crépuscule, comme il marchait dans les bois près de la maison après le dîner, Howard aperçut George agenouillé sur un sentier, en train d'examiner quelque chose au sol. George ne l'entendit pas, et Howard resta debout, immobile et silencieux parmi les arbres, pour observer son fils. George se redressa et repartit en courant vers la maison. Howard le perdit bientôt de vue, et quelques instants plus tard entendit claquer la porte de la véranda. Howard se dirigea vers l'endroit où s'était agenouillé son fils et découvrit une souris morte, recroquevillée comme si elle était endormie, sur un tapis de feuilles. Elle n'était pas morte depuis longtemps. Elle avait la tête renversée en arrière et ses membres s'écartèrent quand Howard la toucha du bout de sa botte, après quoi elle reprit sa position initiale, ramassée sur elle-même. Howard entendit de nouveau claquer la porte de la véranda et se replia dans les ombres des arbres.

George revint auprès de la souris, l'enveloppa dans du papier journal et fit un nœud serré autour du linceul avec de la ficelle de cuisine. Il fourra la souris emmaillotée dans une boîte d'allumettes de sûreté. Howard sentit une odeur de kérosène et comprit que son fils en avait imbibé le papier journal.

Il y avait un petit étang au creux des bois, derrière le jardin. Deux couples de canards et un petit troupeau de bernaches du Canada y faisaient halte chaque année. Il ne devait pas y avoir plus d'un mètre cinquante d'eau à son plus profond. Parfois, George allait y pêcher et ramenait des petites truites de ruisseau, qu'il faisait cuire au-dessus d'un feu de bois au bord de l'étang. Si c'était un samedi, il pêchait au coucher du soleil, à l'heure où, aux premiers jours de l'été, pullulaient les mouches de mai et les éphémères qui attiraient les truites affamées à la surface. Au bout d'un moment, des chauves-souris surgissaient des ténèbres et voletaient au-dessus de l'eau pour dévorer les insectes. George s'arrêtait alors de pêcher, parce que les chauves-souris se cognaient à sa mouche de pêche et qu'il était terrifié à l'idée d'en voir une s'empaler sur le barbillon de son hameçon et tenter de s'en dégager à grand renfort de grincements frénétiques pour finir par ne rien briser d'autre que ses propres ailes fragiles. Se saisir de la chauve-souris et décrocher l'hameçon était inimaginable, et il n'aurait d'autre choix que de s'enfuir en courant, laissant l'animal se débattre au bout de sa ligne, puis de revenir le lendemain matin récupérer sa canne à pêche en espérant qu'un renard serait passé par là entre-temps et aurait mangé la chauve-souris (sans avaler l'hameçon au passage, toutefois, de peur qu'il ne soit à présent en train de se débattre à son tour au fond des bois et de traîner derrière lui la canne à pêche par la ligne tendue fichée dans ses entrailles, remontant le long de son gosier et lui cisaillant le côté de la gueule). Alors, quand les chauves-souris surgissaient, George faisait cuire les poissons qu'il avait pêchés jusque-là, s'il en avait pêché, regardait la nuit prendre ses quartiers, puis rentrait à la maison.

George se dirigea vers l'étang et Howard le suivit à distance, en silence. Au bord de l'eau, George découpa une lamelle d'écorce dans le tronc d'un bouleau avec son canif. Il en relia les deux extrémités en les cousant à l'aide d'une grosse aiguille et du fil noir, transformant le morceau d'écorce en une sorte de petit canoë. Il posa le minuscule cercueil au centre de l'embarcation, avec un bout de charbon, qu'il sortit d'une poche de sa salopette, juste à côté. Il enflamma le charbon avec une allumette frottée contre la fermeture Éclair de sa braguette, et lança le bateau. Celui-ci se mit à voguer sur l'étang. Le charbon incandescent illuminait le morceau d'écorce, dont la texture évoquait la dépouille luisante d'un animal. Rien ne bougeait dans l'air, et la surface de l'étang était lisse et réfléchissante, comme de l'huile, et semblait épaisse, comme de l'huile aussi, à cause de l'extrême lenteur des ondulations tracées derrière lui par le petit bateau, comme si la peau de l'eau opposait une résistance particulière au poids des corps qui la traversaient ce soir-là. Des papillons de nuit blancs s'élevaient dans l'herbe au bord de l'étang et voltigeaient jusqu'au bateau pour batifoler avec le feu. Le feu atteignit la boîte d'allumettes et s'y frotta jusqu'à ce qu'elle se mette à fumer. Quand il atteignit l'intérieur de la boîte et toucha le linceul imbibé de kérosène, une brève explosion retentit, brillante et étouffée, et la sépulture fut avalée par les flammes. L'écorce crépitait et crachotait des escarbilles. Puis une traînée de fumée blanchâtre s'éleva, sans doute la souris en train de brûler, se dit Howard. La silhouette de George se découpait dans la lumière des flammes au bord de l'eau. Le bûcher coula dans un sifflement et une ultime gerbe de fumée, puis la nuit et le silence se refermèrent sur l'étang.

Des images de crémation vinrent à l'esprit de Howard, des visions de rois vikings allongés dans leur lit funéraire sur le ponton de leur navire à proue de dragon, l'épée à la main, enflammés et livrés ainsi, rougeoyants, à l'obscurité de la houle, les flammes claquant dans la traîne des drakkars comme des fanions dans la tempête.

Howard sentit, plus qu'il ne vit, son fils passer devant lui dans le noir, et il attendit en tendant l'oreille que le garçon sorte du bois, remonte le sentier, traverse le jardin et rentre dans la maison avant de se remettre en marche à son tour, mais au lieu d'aller directement vers la maison il la contourna pour rejoindre la route puis, de là, faire demi-tour, de sorte que, si on l'apercevait de l'intérieur, on aurait l'impression qu'il rentrait de sa promenade vespérale annoncée. Arrivé devant la maison, il vit George, Darla et Marjorie dans l'encadrement de la fenêtre, assis à la table de la salle à manger, en train de faire leurs devoirs.

Je rembourserai mes dettes avec du miel !

Et si la carriole, plutôt qu'une maison sur roues, contenait un royaume d'abeilles ? Il y aurait un panneau, sur un côté, fixé au toit par des charnières en cuivre, qui s'ouvrirait et serait maintenu en place par des leviers à chaque coin. Il y aurait des fenêtres donnant sur l'intérieur des ruches. Les gens pourraient venir regarder les abeilles travailler tout en m'écoutant discourir sur leurs mœurs, leur zèle et leur loyauté. Je pourrais faire payer deux cents par personne. Les petits pourraient regarder les ruches gratuitement. Les écoles pourraient envoyer des classes entières, ou, mieux encore, je pourrais moi-même aller dans les écoles et m'installer dans les préaux. Je pourrais planter un parterre de fleurs sur le toit de la carriole, pour le pollen, et mettre l'entrée des ruches du côté opposé aux fenêtres, pour que les spectateurs n'incommodent pas les abeilles. Et je pourrais faire encastrer une armoire, à l'arrière de la carriole, que je remplirais de pots de miel et de cire et de rayons de miel attachés par des rubans bariolés, que je vendrais au public à la fin de mon exposé. Je pourrais faire peindre une enseigne sur le panneau : « Les Magnifiques Crosbeilles ! »

Au lieu de quoi vint l'hiver et il remisa la carriole dans la grange, où souris et chats vagabonds, signant la trêve des grands froids, allèrent ensemble se nicher dans les tiroirs.

George ne vit ni n'entendit jamais rien des crises de son père, à une exception près, sinon sous forme de rumeurs. Il découvrait sa mère penchée sur son père avachi et tremblant dans un fauteuil. Son père avait de la bave dans les cheveux et du sang sur le menton. Il demeurait assis, aspirant l'air par le nez en rasades bruyantes et saccadées, regardant la paume puis le dos de ses mains en ouvrant et en refermant le poing comme le ferait un soldat choqué après l'explosion d'une bombe dans sa tranchée de se constater toujours en vie et peut-être pas même blessé. George comprit bientôt qu'en réalité son père, sentant venir les crises, se débrouillait toujours, avec l'aide de la mère de George, pour s'exiler dans une partie de la maison ou du jardin où les enfants ne se trouvaient pas à ce moment-là, afin de leur épargner le spectacle de ses convulsions. Si l'un des enfants passait par là, Kathleen ordonnait d'une voix égale et posée : Retourne là d'où tu viens ; ton père et moi sommes occupés. George, son frère et ses sœurs n'avaient assisté qu'une seule fois à l'une de ces attaques de *grand mal* dont leur père était coutumier, lors d'un repas de Noël, en 1926.

Les enfants étaient émerveillés par le jambon qu'avait préparé Kathleen pour le réveillon. Ils n'en avaient jamais vu d'aussi gros. Il était recouvert d'une croûte de sucre roux et de mélasse. Buddy le Chien se tenait au garde-à-vous, comme s'il espérait s'attirer les faveurs du jambon par ses bonnes manières et en voler ainsi la primeur aux enfants. Kathleen voulut le chasser d'un coup de pied dans les côtes, mais il se contenta de pousser un jappement et ne bougea pas d'un poil. Russell le Chat ne tarda pas à se joindre aux festivités ; il se posta face au mur, un peu à l'écart de la table, et se mit à se lécher les pattes, feignant la plus complète indifférence comme si c'était là le stratagème le plus astucieux pour espérer grappiller un bout de viande.

Howard avait aiguisé le couteau à découper avec un soin tout particulier pour l'occasion. Il se leva, se pencha au-dessus du jambon et, souriant aux enfants et à sa femme, laquelle se rembrunit et dit à George de faire asseoir correctement son frère sur sa chaise et aux filles qu'elles allaient se prendre un coup de cuiller derrière la cuisse si elles ne reposaient pas leur postérieur sur les leurs, enfonça la lame dans le jambon, dont le doux fumet redoubla d'intensité et, en se répandant la pièce, mit tout le monde au bord de la transe, y compris Kathleen. Son sourcillement s'effaça et pas plus que les autres elle ne put s'empêcher de demeurer quelques instants en admiration devant le jambon. Quand Howard en eut découpé deux tranches, cependant, elle retrouva ses esprits et ordonna à ses enfants de tendre tour à tour leurs assiettes à leur père.

George, sers ton frère et coupe-lui son jambon. Non, en plus petits morceaux, sinon il va essayer de les avaler tout ronds et finir par s'étouffer. Darla, arrête tes singeries. Sers-toi en haricots et fais passer le plat. Howard, coupe des tranches plus fines ; faut qu'il nous fasse la semaine, celui-là, puisque tu as eu la riche idée d'accepter d'être payé avec un jambon plutôt qu'avec l'argent qui t'est dû pour subvenir comme il faut aux besoins de ta famille.

Howard ramassa un petit tas de purée dans le creux de sa fourchette, à la pointe de laquelle il embrocha ensuite deux haricots verts et un morceau de jambon. Puis il leva sa fourchette mais se figea avant d'avoir pu la porter à sa bouche. Les muscles à la jointure de ses mâchoires se tendirent. Il se mit à hoqueter et à battre des paupières. Ses yeux roulèrent dans leurs orbites. Fourchette et nourriture lui tombèrent des mains et s'écrasèrent dans son assiette.

Maman, qu'est-ce qui…

Howard ramena ses jambes l'une contre l'autre et essaya de se lever, mais il ne réussit qu'à pivoter sur sa chaise, qui se déroba sous lui d'un coup sec. Il s'effondra au sol, et sa tête, dans sa chute, alla taper contre le siège de la chaise d'à côté.

Kathleen aboya à Margie : Emmène ton frère, et fit sortir de la pièce ses trois enfants les plus jeunes, qui s'étaient déjà blottis en une grappe tremblante près de la porte, en les poussant tous ensemble, eût-on dit, d'un seul tenant. Elle fit le tour de la table et tendit la main vers George, qui était resté assis et, pétrifié, s'agrippait à sa fourchette dressée en l'air, bouche bée.

George, passe-moi la cuiller. George regarda sa mère. George, la cuiller, dit-elle, sans colère, sans crier, sans pester comme d'habitude, mais presque avec douceur. Il lâcha sa fourchette et retira la cuiller de la purée.

Il dit : Il reste de la…

Kathleen dit : Donne-moi la *cuiller*, George. Elle l'arracha des mains de son fils et se précipita sur son mari, s'asseyant à califourchon sur sa poitrine. Howard poussa un grognement et Kathleen lui ficha la cuiller en travers de la bouche, comme un mors, afin qu'il ne se tranche pas la langue d'un coup de dents. Howard mordit dans la cuiller et George regarda les lèvres de son père s'ourler et découvrir les dents en se disant : Comme celles d'un crâne, pas celles d'un homme, pas celles de papa.

George, viens là et tiens la cuiller. Comme ça. George était terrifié à l'idée de s'asseoir sur la poitrine de son père.

Avec tes deux mains. Appuie. Empêche sa tête de cogner par terre. George sentait le corps de son père tressauter sous lui et il était sûr qu'il allait se dilacérer, que son père allait se fendre en deux.

Maman.

Je vais chercher un bâton. Kathleen sortit de la pièce en courant et George l'entendit percuter la table de la cuisine, envoyant poêles et casseroles valdinguer à grand fracas. Elle grogna puis revint avec un morceau de petit bois prélevé dans le tas qu'avait coupé George le matin même. Elle arrivait auprès de son fils et de son mari quand le manche de la cuiller se brisa dans la bouche de Howard et George s'écroula sur le visage de son père. Il voulut se rattraper, mais ses mains glissèrent sur la flaque de sang gras et noir qui se répandait sous la tête de Howard. Il réussit à se relever en s'appuyant sur le talon de ses mains et vit son père, la bouche grande ouverte, sur le point d'avaler une moitié du manche de la cuiller. George lui enfonça les doigts à l'intérieur de la bouche pour retirer la cuiller et Howard le mordit. George eut le souffle coupé. Il vit ses doigts prisonniers de l'étau sanguinolent des dents de son père.

Kathleen parla d'une voix douce et mesurée. Ça va aller, Georgie. Ça va aller. Tu peux tenir le bâton ? Tiens le bâton. Elle se mit à essayer d'écarter les mâchoires de Howard. Attends, Georgie, pousse-toi un peu, que j'attrape son menton. Elle se saisit de la gueule de son mari comme d'un piège à ours refermé.

Et si jamais elle casse la mâchoire de papa ? pensa George.

Mets le bâton, Georgie – par l'extrémité. Mets-le. Fais-le entrer. La tête de Howard cogna, cogna et cogna encore contre le sol. George réussit à insérer l'extrémité du bout de bois entre les dents de son père par la commissure des lèvres. Kathleen s'en empara aussitôt et appuya rageusement pour le caler encore plus profond. Sans lever les yeux, elle attrapa un coussin de chaise tombé par terre et le glissa sous la nuque de son mari entre deux coups de tête. Les pieds de Howard se mirent à taper contre les pieds de la table. Darla se tenait debout dans l'embrasure de la porte et criait. Margie suffoquait. Joe poussait des piaillements aigus.

Papa est cassé !

Ça y est, Georgie ; ça y est presque, mon petit agneau.

Ça faisait tellement de bruit, les bottes de mon père qui tapaient par terre et contre les pieds de la table et tout ce qu'il y avait dessus qui rebondissait et retombait ou qui sautait de la table et se fracassait ou se pulvérisait par terre. Il y avait du verre et de la nourriture et des fourchettes et des couteaux partout par terre et Buddy le Chien gémissait et aboyait, et Joe et Darla hurlaient mais mon père au milieu de tout ça était étrangement calme, comme concentré, ou distrait, tandis que les câbles et les ressorts et les os et les entrailles éclataient et explosaient et s'éparpillaient et se dégondaient. Il souriait au moment où il a failli m'arracher les doigts, ou on aurait dit en tout cas, et d'un sourire très calme là encore. Ma mère lui a bloqué le menton et j'ai enfoncé de force le bâton de cèdre entre ses dents ensanglantées, j'avais l'impression que ce n'était même plus une personne que je risquais de blesser, et ça m'a encore plus donné la nausée. Et il y avait du sang partout, s'écoulant de mes doigts, qui semblaient détachés de ma main, pendouillant, même si je sentais sourdre le sang à l'intérieur. Et il y avait du sang partout sur le visage de mon père et dans sa bouche, mon sang, et dans ses cheveux et par terre, le sien, provenant de l'entaille qu'il s'était faite à la tête en heurtant la chaise quand il était tombé. Et je ne sais pas pourquoi mais j'ai remarqué que Russell le Chat hochait la tête, les oreilles dressées, les yeux écarquillés, les pupilles contractées, retroussant le petit triangle de son nez tandis qu'il examinait et reniflait le sang. Au lieu de ressentir de la terreur, pourtant, j'ai pensé : Alors voilà, c'est donc ça ; je sais ce que c'est maintenant. Mon père n'est pas un loup-garou ou un ours ou un monstre et maintenant je peux m'enfuir.

Et maintenant Kathleen est allongée dans son lit, un lit perché dans les branches nues d'un arbre aussi sombre qu'une vision calcinée – nervures noires, sève cendreuse, tissées de nuit. C'est l'hiver et les vents de l'hiver secouent les branches et le lit bouge avec elles. C'est l'hiver, et l'arbre a été dépouillé de la brillante parure de son feuillage. C'est l'hiver parce qu'elle est allongée les yeux grands ouverts, le cœur à nu, à s'efforcer de se souvenir d'une plus faste saison. Elle se dit : J'ai dû être une jeune femme, un jour.

Elle est allongée d'un côté du lit. La silhouette noire de son époux endormi est allongée de l'autre côté, le dos tourné, si profondément endormi que le sommeil semble un autre monde. Seul dépasse de la couverture le visage de Kathleen. Il luit comme un œuf pâle. Au-dessous de ce visage, calé sous son menton, le drap blanc, propre, repassé, amidonné, est soigneusement replié par-dessus le couvre-lit, en une bande de quinze centimètres de large très précisément, comme le lui a appris sa mère quand elle était petite. Ses cheveux retenus par des épingles sont protégés par un bonnet de nuit qu'a confectionné pour elle sa mère il y a bien longtemps. Ses cheveux lui tombent jusqu'à la taille mais elle ne les relâche que pour les laver – deux fois par mois en été, une fois par mois en hiver. Ses cheveux sont châtains mais ont perdu de leur éclat ; ils commencent à se clairsemer au sommet de son crâne. Elle éprouve soudain une immense colère à l'idée que l'entaille à la tête de son mari puisse saigner à travers le pansement et tacher la taie d'oreiller propre. Elle entend George geindre dans son sommeil, dans sa chambre à l'autre bout du couloir. Aucun de ses doigts ne semble cassé, mais il faudra sans doute un ou deux points de suture pour bien refermer la blessure infligée par les dents de Howard. Elle n'a pas pu joindre le Dr Box au téléphone, puisque c'est le soir de Noël, alors elle compte lui amener George à son cabinet demain à la première heure.

Sous ses manières strictes et son austérité se dissimule une amertume bien plus profonde qu'aucun de ses enfants ou son mari ne saurait imaginer. Elle ne s'est jamais remise du choc de devenir épouse puis mère. Elle est encore consternée, chaque matin, au moment où elle aperçoit pour la première fois de la journée ses enfants, paisibles, endormis, dans leur lit, quand elle vient les réveiller, de se rendre compte que le sentiment qu'elle éprouve alors, bien souvent, relève de la rancœur et du deuil. Ces sentiments l'effraient à tel point qu'elle les a enfouis sous un tombereau de rigueur domestique. Elle a réussi, au fil de la dizaine d'années écoulée depuis qu'elle est devenue épouse et mère, à se convaincre elle-même à moitié que l'ordre quasi martial qu'elle fait régner dans son foyer n'est en réalité que l'expression de l'amour qu'elle a si peur de ne pas ressentir. Quand l'un de ses enfants se réveille en proie à la fièvre et à de douloureuses quintes de toux à l'aube d'un matin glacé de janvier, au lieu de baiser le front de l'enfant, de le remettre bien au chaud sous ses couvertures et de faire bouillir de l'eau pour lui préparer une infusion au miel et au citron, elle dit que le confort n'est pas le lot des hommes en ce monde et que si elle prenait sa journée chaque fois qu'elle avait le nez qui coule ou la nuque endolorie, c'est toute la maisonnée qui partirait en quenouille et ils se retrouveraient tous comme des oisillons sans nid, alors lève-toi, habille-toi et va aider ton frère à rentrer le bois, ta sœur à tirer l'eau, et elle arrache l'enfant frissonnant à ses couvertures, lui jette une poignée de vêtements froids et dit : Habille-toi si tu ne veux pas te prendre une bonne trempe. Elle s'est convaincue elle-même, du moins à la lumière du jour, que tout cela est de l'amour, que c'est la meilleure façon d'apprendre à ses enfants à être forts. Elle ne pourrait plus se regarder dans la glace si elle se laissait aller à penser qu'elle traite ainsi les siens parce qu'elle ne ressent pour eux pas plus d'attachement qu'elle n'en ressentirait pour un tas de pierres.

En s'endormant, à demi emportée déjà par des songes d'envol et de lits perchés dans les arbres, elle décide qu'il est temps de faire quelque chose pour son mari malade. Elle en parlera au Dr Box quand il aura fini d'examiner la main de George.

Le lendemain matin, elle s'habilla très tôt. Il y avait du givre à l'intérieur, sur les vitres, et pas le moindre rayon de soleil.

Howard remua dans le lit et demanda : Qu'est-ce qui se passe ?

Kathleen dit : J'emmène George chez le docteur.

Pourquoi ? Quoi ? dit Howard.

Kathleen répondit : Pour sa morsure, Howard ; pour la morsure que tu lui as faite.

Howard répéta d'une voix rauque : La morsure ? Une morsure ?

La maison du Dr Box, dont les deux premières pièces du rez-de-chaussée avaient été converties en cabinet médical, était à un peu plus de trois kilomètres de marche. Kathleen et George se mirent en route escortés par l'aube, elle devant et lui derrière, le pas traînant, à moitié endormi et ne sentant rien d'autre que le froid et la douleur à sa main. Ce ne fut d'abord que l'éclaircie cendreuse de la nuit, puis une lumière rouge derrière l'horizon, illuminant la panse des nuages arrivant de l'ouest. Kathleen avait craint de manquer de résolution quand viendrait le moment de parler de son mari au Dr Box, mais plus ils se rapprochaient du cabinet, plus sa détermination grandissait.

La maison du Dr Box était nichée dans le dernier virage de la route avant l'entrée de West Cove. Kathleen et George, parvenus au sommet d'un léger talus, s'attendaient à apercevoir le bâtiment à un étage et la véranda circulaire où les patients qui n'étaient pas trop malades – ou pas malades du tout, pour certains d'entre eux – aimaient s'asseoir en été pour échanger des ragots en attendant la décoction qui mettrait un terme à leurs maux d'estomac ou le cataplasme qui soulagerait les élancements de leurs cors aux pieds.

La maison avait disparu. Kathleen s'arrêta de marcher et regarda autour d'elle. Les nuages qui avaient badigeonné l'aube d'une teinte cuivrée avaient avancé et s'étaient à présent refermés au-dessus d'eux tel un couvercle de pierre. Quelques flocons de neige tourbillonnaient dans le vent. Kathleen était à n'en pas douter au bon endroit, et la maison, à n'en pas douter, s'était volatilisée. À la place, il y avait un trou dans la terre. Le cellier du Dr Box, où il entreposait ses flacons d'éther et ses rouleaux de gaze à côté des bocaux de concombres et de tomates marinés et de poires au sirop, n'était plus qu'une fosse vide, exposée aux éléments, où s'agloméraient déjà la neige et les vestiges de l'hiver emportés par le vent.

Qu'est-ce qui s'est passé, maman ? Il y a eu une tornade ?

Une traînée de terre fraîche, crevassée de profondes ornières, menait de ce qui avait été le jardinet du Dr Box à la route, puis se poursuivait jusque derrière le virage, vers West Cove. Kathleen se tenait au bord des fondations. En l'absence de la maison à son emplacement normal, le lac, derrière les arbres délimitant le jardin à l'arrière, était visible. Kathleen se retourna vers la route, puis de nouveau vers le trou dans le sol, indécise. La panique s'empara d'elle un instant à l'idée que tout West Cove ait disparu, qu'en continuant de marcher jusqu'au virage elle apercevrait une clairière sauvage et dénudée dans le lointain, au bord du lac, la terre grêlée par les fondations béantes des bâtiments envolés, la ville tout entière arrachée à ses soubassements et charriée quelque part de l'autre côté des montagnes au nord.

Tu entends, maman ?

Derrière le vent perçait un autre bruit. Kathleen prit la main valide de George et ils regagnèrent la route. Elle entendit un grondement, dont elle ne parvint pas à déterminer la nature exacte. Elle se figea et essaya d'identifier ce son. Ce n'était pas le tonnerre ; ce n'était pas un train. Immobile, elle se rendit bientôt compte que le bruit était accompagné de légères vibrations sous la terre. Elle se remit en marche, vers le tournant de la route. Juste avant qu'elle ne l'atteigne, le vacarme se précisa. Elle entendit des hommes se lancer des cris et, avec dans la voix les inflexions reconnaissables entre mille qu'elle avait entendues toute sa vie, donner des ordres aux bêtes. On entendait le son de harnais et de bestiaux tirant sur leur joug. Et un autre son encore – le grincement de lourds rondins de bois frottant les uns contre les autres.

Y a quelque chose là-bas, maman. George lâcha la main de Kathleen et se mit à courir. Kathleen le rappela, mais il avait déjà disparu derrière le virage. La neige tombait dru à présent, dégringolant à gros flocons du ciel pierreux. Kathleen resserra son écharpe autour de sa tête et de son cou. Elle avait froid, des picotements dans les orteils, et la goutte au nez.

Kathleen pressa le pas, impatiente d'apercevoir West Cove, comme n'importe quel voyageur arrivant aux abords de la ville par le sud. La route tournait au sommet d'une colline, et l'on contemplait alors la ville en contrebas. Derrière la ville, il y avait le lac, qui filait vers l'horizon et, l'hiver, se transformait en une vaste plaine blanche que seul venait interrompre le renflement d'herbe noire des quatre îles flottant au milieu. Kathleen se demandait si les îles seraient visibles dans la tempête. Sans doute pas. Mais au lieu de voir la ville et le lac, elle vit la maison du Dr Box. Elle trônait en travers de la route, posée sur une plate-forme en bois. Sous la maison et la plate-forme avait été disposé un lit d'énormes rondins, alignés sur des rails improvisés d'épaisses planches de bois découpées qui longeaient la route. La maison roulait sur les rondins, mètre par mètre. Des hommes en manteau de laine rouge à carreaux et chapeau à visière l'entouraient, massues et pied-de-biche à la main, et se hélaient les uns les autres des quatre coins de la maison. Un camion à plateau suivait le cortège d'une allure nonchalante, chargé de quatre gigantesques crics en métal. George s'était arrêté sur la route, à mi-chemin entre la maison et sa mère. Il se retourna vers elle et elle tendit la main vers lui. Elle rejoignit son fils, lui prit la main, et ils accompagnèrent la procession en prenant garde de rester au bord de la route, presque dans le fossé sur le bas-côté. Les hommes les ignorèrent ou se contentèrent parfois d'adresser à Kathleen un hochement de tête indifférent. Chaque fois que la maison se mettait en branle, elle avançait sur les rondins, qui roulaient à leur tour sur les planches. Kathleen se rendit tout de suite compte que la manœuvre était d'une impossible lenteur ; la maison ne pouvait progresser que de deux ou trois mètres à la fois avant que les hommes ne doivent à nouveau la surélever à l'aide des crics géants, réaligner les rondins, puis ramasser à l'arrière les rails de bois sur lesquels elle venait de rouler pour les replacer à l'avant.

Quand mère et fils parvinrent au coin de la façade avant de la maison, ils virent qu'elle était treuillée par huit attelages de bœufs titanesques. Les bœufs allaient deux par deux dans leur joug, en file indienne et harnachés à la maison par des chaînes épaisses comme le poignet de Kathleen. Un homme allait et venait d'un bout à l'autre de l'équipage, avec un fouet, dont il cinglait la croupe des bêtes en les invectivant. Les bœufs haletaient et fumaient dans le froid. Chaque fois que l'homme hurlait et faisait claquer son fouet, bois, cuir et métal étaient traversés d'une secousse sous la brusque tension des chaînes attachées à la maison, sous le poids de laquelle ployait l'une après l'autre chaque paire de bœufs, la bâtisse avançait en grinçant de trois ou quatre centimètres, fenêtres tremblantes, charpente branlante, et l'homme au fouet criait alors : Reeepos, mes jolis, et les seize bêtes arrêtaient aussitôt de tirer, toutes au même moment, comme dans un numéro de cirque. L'homme était Ezra Morrell, le père du meilleur ami de George, Ray Morrell.

Un peu à l'écart, au bord de la route, précédant de quelques pas la procession de sa maison et de sa boutique, se tenait le Dr Box. Il était accoutré comme les autres, à ceci près que son chapeau et ses lunettes étaient de meilleure facture. Les lunettes étaient de rigueur pour un homme de sa profession ; le médecin de la bourgade se devait d'avoir les meilleurs yeux possibles. Quant au chapeau, il constituait sa seule coquetterie publique, l'unique symbole par lequel il s'autorisât à marquer son rang à West Cove. Il provenait d'un magasin londonien où, comme se plaisait à le raconter le docteur lui-même, se trouvait une réplique en bois de sa tête, autour de laquelle était façonné chaque année un nouveau couvre-chef destiné à rejoindre, quelques milliers de kilomètres plus loin, son modèle vivant. (Lorsqu'il n'arrivait pas à mettre la main sur son stéthoscope ou un abaisse-langue, il disait que les têtes s'étaient mélangées – que la vraie était restée à Londres tandis que celle en bois avait pris sa place à West Cove.) Pour le reste, il portait le même manteau de laine rouge à carreaux, le même pantalon de laine foncé, les mêmes grosses bottes, lacées presque jusqu'aux genoux. Il mâchouillait l'embout d'une pipe qu'il ôtait du coin de sa bouche de temps à autre pour dire : C'est bien, mes enfants, continuez ! Ou bien : Doucement, les gars. La mère Box va m'étriper s'il arrive quoi que ce soit à son château ! Quand il vit arriver Kathleen et George, il recula d'un pas et se fendit d'une révérence théâtrale, balayant l'espace d'un grand geste du bras pour ouvrir le passage à Kathleen, puis se mit au garde-à-vous et fit le salut militaire à George.

Après vous, madame. Après vous, sergent. On rapproche le QG de la ligne de front !

Navrée de vous déranger, docteur, dit Kathleen, debout derrière son fils, les mains posées sur ses épaules. Mais hier…

Le Dr Box retira prestement la pipe de sa bouche et serra ses grandes dents légèrement jaunies pour montrer qu'il écoutait à présent d'une oreille toute professionnelle. Avant que Kathleen n'ait pu poursuivre, cependant, il aperçut la main bandée de George.

Eh bien, soldat, on a été blessé au combat à ce que je vois ? Regardons un peu ça.

Kathleen fit avancer George d'un pas en le poussant dans le dos, et il confia timidement sa main au médecin.

Ne vous inquiétez pas, sergent, je ferai attention. Le Dr Box s'accroupit et défit le pansement. Quand il vit les traces de perforation, il retourna la main de George dans un sens puis dans l'autre, deux fois de suite, siffla, et dit : Alors comme ça on s'est fait mordre par un chien, hein, soldat ? George regarda sa mère.

Kathleen dit : C'est-à-dire… C'était un accident. Nous ne…

J'ai peur qu'il ne faille un ou deux points de suture pour les entailles les plus profondes, dit le médecin. Rien de cassé, mais tu risques d'avoir mal pendant un bon bout de temps. Et il te restera sans doute une sensation plus tard, peut-être même encore quand tu seras vieux. Qui est le chien ? Il faudrait s'assurer qu'il n'ait pas la rage.

Kathleen dit : Justement, docteur. Est-ce que je peux… Est-ce que nous… Le médecin, toujours penché sur la main de George, leva les yeux.

Oui, oui, bien sûr, madame. Bien sûr. Il remit le pansement. Bon, sergent, dit-il à George, ta mère et moi, nous avons à parler, alors on va te trouver un endroit où rester bien au chaud en attendant. Dan !

Danny ! Le médecin posa la main dans le dos de George et le poussa vers le camion à plateau. La vitre du conducteur était baissée et un homme était assis derrière le volant, la tête penchée à l'extérieur de la cabine, en train de fumer une cigarette. Il leva les yeux quand le médecin l'appela.

Danny, remonte-moi cette vitre et fais donc grimper ce brave soldat à côté de toi ; il a été blessé au champ d'honneur !

L'homme, Dan Cooper, resserra les lèvres autour de sa cigarette et rentra la tête à l'intérieur de la cabine. Il remonta la vitre, ouvrit la portière, et descendit du camion.

Faites comme chez vous, doc, dit-il.

Allez grimpe. Voilà, sergent, parfait, dit le médecin en aidant George à monter sur le siège passager. Attends-nous là sagement, d'accord ? Ta mère et moi, on aura fini en deux temps trois mouvements.

La cabine se réchauffa vite. La banquette était recouverte de cuir marron craquelé. George sentit les ressorts cassés du siège dans son dos, à travers l'épaisseur de son manteau. De vieux journaux et fascicules ainsi qu'une tasse aux parois maculées de dépôts de café depuis longtemps asséchés encombraient l'espace le séparant du siège du conducteur. Les vitres se recouvrirent de buée et George regarda les hommes, les bœufs et la maison ambulante se diluer en spectre dans un brouillard argenté. Il repensa à des histoires que lui avait racontées son père, de vaisseaux fantômes échoués sur des rochers au large des côtes mais dont, un siècle plus tard, on entendait encore, par les nuits de brume, la plainte lugubre du funèbre équipage et de la quille fracassée.

Kathleen et le médecin discutèrent pendant dix minutes, au terme desquelles George vit sa mère baisser la tête et enfouir son visage dans ses mains.

Il n'avait jamais vu sa mère pleurer et il savait que c'était à propos de son père, et que c'était grave. Le Dr Box attira Kathleen contre lui en passant un bras autour de ses épaules, lui donna deux petites tapes dans le dos, puis relâcha son étreinte. Il se dirigea vers le camion. George continua de regarder par la vitre la silhouette floue de sa mère derrière le médecin. Elle s'essuya le visage avec la manche de son manteau et s'ébroua comme pour en chasser les larmes en même temps que la neige. Puis elle leva la tête vers le ciel pendant un moment. Le Dr Box ouvrit la portière du camion et adressa de nouveau un salut à George.

Allez, sergent, en route. Nous allons en ville remettre ce brave soldat sur pied, paré à retourner au combat.

George descendit du camion et rejoignit sa mère. Elle avait le visage empourpré et les yeux rouges. Elle sourit à George et le prit par la main.

Tout va bien, Georgie, dit-elle. George remarqua pour la première fois que sa mère était encore une jeune femme. Le Dr Box s'entretint quelques instants avec Dan Cooper, qui avait repris sa place derrière le volant de son camion, et deux autres hommes, puis il revint auprès de Kathleen et George.

Les troupes sont prêtes ?

Kathleen dit : C'est tellement triste – votre maison comme ça au milieu de la route. Elle se remit à pleurer.

Oh, pauvre Mme Crosby. Là, là. Il faut qu'on fasse quelque chose. Il est temps de faire quelque chose. On va s'occuper de tout.

Kathleen coupait du bois, secouée. Howard faisait sa tournée. Les filles étaient dans le salon, en train de broder tout en gardant un œil sur Joe, qui discutait avec Ursula, une carpette en peau d'ours qu'il traitait comme l'un des animaux domestiques de la maison. George dormait à l'étage, allongé sur le lit de Kathleen et Howard. Le vent continuait de souffler. Mais il s'apaisera et s'éteindra à la tombée de la nuit, se dit-elle. La neige aussi continuait de tournoyer, portée par le vent en flocons doux et vifs. Le soleil déclinait. Il sombrait dans la cordée de bouleaux délimitant le champ à l'arrière de la maison, illuminant les cimes et transformant les branches veineuses et dépouillées en un réseau de sombres vaisseaux entrelacés autour de lobes de lumière. Les arbres se courbaient sous le poids de ces organes luminescents poussant au sommet de leurs troncs élancés. Ces lobes de bois échangeaient des murmures. Ils tenaient conseil, détenteurs d'une sagesse hivernale – froides cervelles rougeoyantes et opalines, brèves et brunies, étincelant dans le bleu métallique du crépuscule. Puis ils disparurent. Le ciel et les arbres se vidèrent de leur lumière, aspirée comme par un entonnoir vers l'horizon à l'ouest, où la terre sembla l'avaler. Les branches des arbres s'assombrirent dans le crépuscule. Kathleen pensa : Comme le cerveau de Howard – illuminé, consumé, puis éteint. Éclairé par une lumière trop vive. De quelle quantité de lumière l'esprit a-t-il besoin ? L'usage ? Comme une pièce pleine de lampes. Comme un cerveau plein de lumière. Elle posa la main sur la poche de son manteau où elle avait plié et rangé le prospectus de l'hôpital du Maine à Bangor, situé *au sommet de la colline Hepatica surplombant le majestueux fleuve Penobscot*. Quand le Dr Box lui avait donné la brochure, elle s'était d'abord souvenue que cet hôpital s'appelait autrefois l'Asile du Maine. Mais les photos de la brochure montraient des chambres propres, un vaste parc ensoleillé, et une immense propriété en brique, divisée en quatre bâtiments, qui lui firent penser à un grand hôtel. L'idée d'un hôtel semblait annonciatrice de douceur et non de cruauté, semblait, dans le jardin soudain étrange, plein de cerveaux luisants, suintants et furtifs, la promesse d'un havre, confortable et sûr, qu'elle imaginait à travers les yeux d'un voyageur affamé et transi de froid sur une planète de glace qui, ayant gravi une colline, tomberait sur un refuge dont toutes les fenêtres seraient éclairées et la cheminée cracherait de la fumée et où les gens viendraient se rassembler, galvanisés par le ravissement irréel que dans leur soulagement éprouvent toujours des étrangers à partager un même sanctuaire. La brochure ne se trouvait dans aucune des poches de son manteau, et Kathleen se rendit compte qu'elle avait dû la poser quelque part dans sa chambre, quand elle avait aidé George à grimper sur leur lit.

George dormait sur le lit de ses parents. Il était recroquevillé autour de sa main blessée. Le pansement était serré, et, dans les brumes de son sommeil, un chien noir tenait sa main dans la gueule. Le chien plongeait son regard dans celui de George, et George savait que le chien lui mordrait la main s'il essayait de la retirer. Le chien ne bougerait jamais. Il ne se lasserait ni n'aurait jamais besoin de manger ou de dormir, et l'idée qu'il ne pourrait plus jamais bouger, qu'il serait forcé de demeurer immobile, la main dans la gueule du chien, pour le restant de ses jours, terrorisait George. Il cédait à la panique et, par réflexe, retirait brusquement sa main. Les mâchoires du chien jaillissaient comme se referme un piège, et au premier élancement de la morsure il se réveilla. Il appela sa mère en gémissant. Il faisait froid dans la chambre, et le bleu des fenêtres était si pâle qu'on aurait dit non pas de la lumière mais le froid lui-même qui essayait de s'insinuer entre le lit et son propre corps, là où se trouvait la seule source de chaleur. George frissonna, gémit encore, et essaya de se calfeutrer dans le lit, mais il était allongé sur les couvertures et rien ne pouvait le réchauffer. Oh, maman, geignit-il en se soulevant sur un coude. Il regarda sa main blessée. Le pansement avait l'air de briller, comme si c'était de lui qu'émanait la dernière lumière de la chambre. George sentit le sang pulser contre la gaze dans sa paume. Il avait mal. Il avait envie d'appeler sa mère encore une fois, mais il entendit le *toc-toc* de la hache dans le jardin. Dans l'obscurité et le froid, on aurait dit que c'était de la pierre, et non du bois, que fendait sa mère, et une rémanence de son rêve à propos du chien lui donna soudain le sentiment qu'il allait devoir passer le reste de sa vie à grelotter, échoué sur un lit, la main brisée, à écouter sa mère fendre en vain de la pierre derrière la fenêtre aux vitres de verglas, alors qu'il aurait eu besoin, plus que tout au monde, de se blottir dans sa chaude étreinte, de sentir la chaleur de ses mains sur son visage et d'entendre sa voix douce et paisible le cajoler, lui murmurer que tout allait bien. Au lieu de quoi, George se rassit et fit passer ses jambes par-dessus le lit. Il se leva, glissa un pied en avant sur le sol dans la plus complète obscurité, guettant le bord du tapis torsadé ou une chaussure traînant par là sur laquelle il risquerait de trébucher. Il avança à petits pas vers la porte, sa main endolorie levée, inerte, au-dessus de sa tête, comme s'il traversait une rivière, et l'autre tâtonnant les ténèbres jusqu'au moment où il toucha le coin de la commode de sa mère, à gauche de la porte. Il ouvrit la porte, et derrière il faisait plus noir encore. Plutôt que de se risquer dans le couloir et l'escalier, George chercha du bout des doigts la lampe sur la commode de sa mère. Il souleva le verre, le posa, et chercha la boîte d'allumettes. Il la coinça entre la paume de sa main blessée et son ventre puis gratta une allumette. Le plateau de la commode apparut, et sur le verre de la lampe surgit son propre reflet et celui de l'allumette. Il y avait une brochure à côté de la lampe, avec la photo d'un bâtiment ressemblant à une école et portant le nom d'hôpital du Maine. George comprit que c'était le fascicule qu'avait donné le Dr Box à sa mère après s'être occupé de ses points de suture (il n'y en avait eu que quatre, et ça n'avait pas fait mal, au début). Sous la photo, une légende disait : *Centre de soins du nord et de l'est du Maine pour les fous et les faibles d'esprit*. George approcha l'allumette de la mèche de la lampe et un cercle de lumière éclaira la chambre. Les contours des meubles, des murs, du plafond et du sol se dessinèrent dans la lumière presque liquide. Il ouvrit la brochure et commença à lire. *Les patients séjournant à l'hôpital profitent d'un répit, loin de la frénésie du monde moderne qui aggrave si souvent les cas de démence. Ils bénéficient de séances d'hydrothérapie, de longues périodes de repos, gardent le lit, travaillent aux champs ou entretiennent la porcherie. Ils fabriquent et réparent des meubles également, et font la lessive…*

Ne t'occupe pas de ça, George. Descends, c'est l'heure de dîner. Kathleen était montée dans la chambre sans qu'il la remarque. George sursauta en entendant sa voix, et soudain il eut mal à la tête, à la nuque, aux jambes, aux bras, et se sentit fiévreux. Kathleen vit qu'il était un peu humilié de s'être fait prendre la main dans le sac, en train de lire la brochure, et d'en comprendre la portée alors qu'il n'aurait même pas dû être au courant de tout cela. Elle aussi, soudain, sentit peser sur elle le poids de la journée, et la faim, le froid et l'impatience.

Tu n'as pas à fouiller dans ma commode, dit-elle. Elle arracha la brochure des mains de George, le fit sortir de la chambre et le poussa vers l'escalier. Va chercher ton frère pour le dîner et dis à tes sœurs de servir à tout le monde un verre de lait. Va.

Oui, maman. George réprima une brusque envie de fondre en larmes. Il descendit. Kathleen plia le fascicule en deux et le fourra dans une chaussette en laine, qu'elle enfouit sous un pull au fond du dernier tiroir de sa commode.

Ce soir-là, Kathleen et les enfants dînèrent sans Howard, qui à sept heures n'était toujours pas rentré de sa tournée. Ensuite, elle s'installa dans son fauteuil à bascule, près du poêle, pour raccommoder une salopette de Joe. Darla et Margie jouaient avec deux poupées, à qui elles faisaient tenir les rôles de Susan B. Anthony et Betsy Ross en train de préparer le thé pour George Washington et Andrew Jackson. Darla fit sautiller Susan B. Anthony jusqu'à la table où était déjà installée Betsy Ross, pour vérifier que le service à thé était bien dressé.

Darla fit faire la révérence à Susan B. Anthony et dire à Betsy Ross : Bonne année, Betsy !

Margie redressa Betsy Ross et lui fit faire la révérence en retour. Bonne année 1927 à vous, miss Anthony !

Darla dit : Non, Margie, bonne année *1776.*

George était assis sur le canapé, tenant de sa main blessée un livre ouvert sur ses genoux, intitulé *Le Petit Garçon aux allumettes*, et dans l'autre une pomme. Il regardait les mots mais ne lisait pas. Il pensait à son père, qui l'avait mordu, qui était fou et qu'on allait bientôt emmener dans la maison des fous. Et il songea soudain que son frère, Joe, serait lui aussi envoyé dans la maison des fous, tôt ou tard.

Depuis des années, il y avait dans un coin du salon un vieux tapis en peau d'ours, dont nul ne connaissait la provenance. Parfois, le soir, quand il faisait froid et que la famille était réunie au salon, les enfants s'asseyaient dessus et faisaient semblant de chevaucher un ours sur une piste de cirque. Howard l'avait baptisé Ursula. C'était une pauvre carpette toute lépreuse et élimée, entièrement pelée du museau jusqu'entre les deux orbites, dont les yeux de verre d'origine avaient disparu, à moins qu'elle n'en eût jamais été dotée. L'hiver précédent, George y avait enfoncé deux calots, le premier d'un vert laiteux moucheté d'or, l'autre d'un noir d'obsidienne. L'œil noir donnait l'impression que l'ours était vivant ; le vert laiteux, qu'il était à moitié aveugle, ou que l'un de ses yeux était d'un autre monde, car les éclats dorés parsemant le vert semblaient composer une galaxie miniature d'étoiles tourbillonnant à l'intérieur d'une cataracte. George mordit dans sa pomme et regarda Joe, qui sautait sur le tapis, faisant semblant de chevaucher l'ours, puis roula par terre comme s'il avait été éjecté par une ruade de l'animal.

Cesse tes âneries, Joe, dit Kathleen.

Joe bondit sur ses pieds, tout sourire, et alla auprès de George. Il se retourna, pointa du doigt la carpette et dit : George, y a Ursula qu'on dirait qu'elle veut me mordre !

George attendit jusqu'au samedi pour s'enfuir. Il harnacha Prince Edward à la carriole de son père et mena l'attelage sur la route, la main fermement agrippée aux rênes, marchant à côté de la mule à qui il adressait des murmures, des encouragements, des paroles apaisantes. Quand il eut dépassé les abords de la maison, il grimpa sur la carriole, fit claquer les rênes et dit : Hue, ma belle, pas comme son père, qui se contentait de donner une petite secousse aux courroies de cuir en faisant cliqueter sa langue contre ses dents, mais comme le père de son ami Ray Morrell, qui parlait avec un accent bizarre que George n'avait jamais entendu ni n'entendrait jamais plus ailleurs, et qui semblait surgi d'un banc de brouillard sur la rive opposée duquel se trouvait, parfaitement préservé – ou pas même préservé, mais bel et bien réel et vivant –, le siècle précédent. Ezra, le père de Ray, possédait seize bœufs. Quand il menait son attelage, il disait : Hue, hue, mes jolis, ou : Oyez, mes braves, du nerf ! M. Morrell était la seule personne que George ait jamais entendu employer le mot *oyez*.

Alors George dit : Hue, ma belle, et Prince Edward, sans paraître y prêter la moindre attention, se mit à avancer à une allure un peu plus lente que de coutume, comme pour témoigner qu'il savait que ce n'était là ni le parcours, ni le maître, ni l'injonction auxquels il était habitué. Le soleil de ce matin de week-end, le pas nonchalant de la mule et la pesanteur ajoutée par la masse de la carriole à la lenteur de l'allure eurent tôt fait de dissiper les vagues songes de vitesse, d'envol, de poursuite et d'évasion qu'avait conçus George en imagination. Dans sa tête, pendant l'école les jours précédents, avait défilé un kaléidoscope d'arbres, en une vertigineuse alternance de troncs et de lumière. Il avait vu des chiens aboyer et passer en détalant devant un fourré de roseaux et de rauches au bord de l'eau, puis, après qu'ils avaient disparu, les longues herbes s'écarter et sa propre tête émerger à demi de l'eau, sur le qui-vive, alerte, animale. Et le voici maintenant qui piochait la route, en pleine lumière, perché sur une carriole grosse comme une maison et bruyante comme une malle remplie de cymbales turques. Pour la première fois, il se demanda ce que pouvaient bien contenir tous ces tiroirs. Il s'aperçut qu'il s'était fait une idée confuse de l'inventaire de la carriole – brosses, balais, pots, pipes, chaussettes, bretelles, cirage –, une représentation d'ensemble qui lui venait en bloc à l'esprit chaque fois qu'il pensait à la carriole ; une image surgie comme un panneau de signalisation, d'affichage ou de publicité – simple, universelle et, comprenait-il à présent, sommaire et faussée. Il jeta un coup d'œil par-dessus son épaule au côté de la carriole. Je ne saurais même pas dire de quel bois sont faits ces tiroirs, songea-t-il.

Quand il parvint à la fourche menant à la ferme de son ami Ray Morrell, George la prit sans réfléchir. Il était presque arrivé à l'ancienne sécherie, reconvertie depuis en cabane à outils, ou du moins en cabane à remiser les planches, arceaux, poignées et autres chutes de bois et de fer dont on ne se servait plus, chacun de ces matériaux s'étant brisé, rouillé ou usé jusqu'à la corde au point que même le père de Ray, le plus économe de tous les fermiers de cette région de fermiers économes et impécunieux, ne pouvait plus compter sur le moindre clou, la moindre jointure ou le moindre coup de marteau pour le rafistoler et faire jaillir du bois ou du métal une ultime incarnation de l'usage qu'il était censé remplir. La sécherie était située tout au bout d'une autre bifurcation sur l'un des chemins de terre menant de la grand-route (elle aussi de terre, car on était encore loin de la ville, mais d'une terre bien tassée et entretenue) à la ferme des Morrell. Deux fois de suite, George avait tourné sans réfléchir. C'était là, à la sécherie, que les deux garçons se retrouvaient pour fumer, jouer au crib et se raconter des histoires et des blagues quand ils avaient fini de travailler pour le père de Ray – traire la vache, balayer la cour ou, le plus souvent, déharnacher, nourrir et panser les bœufs géants du père de Ray.

(Ray Morrell, à douze ans, ressemblait déjà à un vieux garçon chaste et vétilleux, à un amateur de pièces commémoratives et de vents dominants, et déjà il avait un faible pour le gin au goût de térébenthine dont son père gardait toujours une bouteille, bien cachée sous l'escalier de la cave. Et même longtemps après qu'il fut devenu assez riche pour s'offrir n'importe quelle autre gnôle de meilleure qualité, Ray continua d'acheter le gin le plus infâme qu'il pût trouver, jusqu'au jour où son foie bouffi à craquer le lâcha. Il prenait un certain plaisir à laisser les gens s'imaginer que son goût pour le tord-boyaux lui venait du sens de la frugalité que lui avait inculqué sa rude enfance de gamin de fermier sans le sou, alors que, en réalité, c'était parce qu'il se berçait du souvenir infiniment doux de l'ersatz frelaté de solvant pour peinture qu'il buvait dans l'ancienne sécherie aux murs en planches de bois inégales entre les interstices desquelles poudroyait la lumière de l'après-midi chaque jour après l'école avec son meilleur ami au monde, George Washington Crosby.)

Ezra était connu dans tout le comté, et même au-delà, comme l'homme à qui s'adresser quand on avait quelque chose de gros à tirer – réputation qui avait inspiré bon nombre de plaisanteries salaces. Le plus petit de ses bœufs mesurait un peu moins de deux mètres au garrot ; le plus grand, près de deux mètres cinquante. Les bœufs étaient l'une de ses deux passions. L'autre était le base-ball. Il suivait les matchs chaque semaine dans le journal, apprenant presque par cœur tous les scores, et lorsqu'il labourait ses champs ou fouettait son équipage (toujours attelé par paires, de deux seulement au bataillon tout entier des seize bêtes, et qu'il supervisait toujours en personne), il se marmonnait tout haut à lui-même des moyennes à la batte, des moyennes de points produits et de points mérités, qui à l'oreille profane ne semblaient que des suites de chiffres aléatoires. Les statistiques qu'Ezra Morrell prenait le plus grand plaisir à ruminer étaient celles des moyennes à la batte, et chaque fois qu'il faisait l'acquisition d'un nouveau bœuf, il le baptisait du nom du dernier champion en date de la Ligue américaine. Ainsi, lorsqu'il faisait claquer son fouet, on pouvait l'entendre interpeller alternativement Ed Delehanty, Elmer Flick, George Stone, Tris Speaker, George Sisler, Harry Heilman, Babe Ruth, l'un des trois Napoleon Lajoie ou des six Ty Cobb (car il possédait plus de bœufs que le championnat ne comptait de batteurs vedettes, de sorte que, lorsqu'il arrivait à court de patronymes, il recommençait au début et donnait parfois à ses animaux le même nom, celui de joueurs ayant plusieurs fois terminé la saison numéro un). Hue, Napoleon Un, oyez, mon joli, en avant ! criait Ezra. Du nerf, c'est pas digne d'un quatre-vingt-deux, ça ! Contrairement à la plupart des aficionados de ce sport, Ezra n'avait aucun plaisir à en discuter avec qui que ce soit d'autre. Le jour où son fils se hasarda à lui demander comment s'était comporté le grand Cobb lors du dernier déplacement à l'extérieur, Ezra talocha l'oreille du garçon et dit : Le grand Cobb Trois a encore chié partout dans sa stalle, espèce de petite pipelette. Alors va me nettoyer tout ça avant de prendre du retard sur le foin que faut encore les nourrir.

George attacha Prince Edward à un arbre devant le cabanon. Il semblait faire plus frais à l'intérieur qu'à l'extérieur. La lumière du jour filtrait par les failles dans les parois de rondins couchés et par les coutures ouvertes dans les bardeaux du toit dont les tuiles dessillées avaient été emportées par le vent. La lumière ruisselant du toit tombait sur le plancher en figures rectangulaires brisées par les lourds chevrons, auxquels étaient encore fixés çà et là des crochets de séchage. Il y avait un nid d'hirondelle des granges abandonné dans le recoin formé par l'un des chevrons et une poutre de soutènement. Un petit monticule de fientes poussiéreux était demeuré intact, par terre, sous le nid.

George se tenait immobile dans le cabanon. Il se rendit compte soudain que s'il voulait vraiment s'enfuir, ce n'était pas ici qu'il fallait aller. S'enfuir voulait dire aller loin. Il n'était jamais allé très loin. Loin, c'était la Révolution française, ou Fort Sumter, ou l'Empire romain. Boston peut-être, cinq cents kilomètres plus au sud. Il n'avait aucune idée de ce qu'il pouvait bien y avoir dans les cinq cents kilomètres qui le séparaient de Boston.

George fouilla dans le tas de cendres et de mégots à côté des trois barils de clous qu'il avait installés avec Ray pour s'y asseoir chacun et poser entre eux le plateau de crib que George avait pris chez lui. Il trouva un mégot dont il restait de quoi tirer encore deux ou trois bouffées. Il le préleva en le pinçant par l'extrémité. Il n'y avait pas d'allumettes. Il laissa retomber la cigarette dans le tas de cendres.

Une porte était posée, couchée à l'horizontale, contre le mur du fond du cabanon. Elle provenait de l'ancienne maison des Budden, qui avait brûlé depuis longtemps. Elle était massive : cinq centimètres d'épaisseur de bois de chêne. Ses gonds et sa poignée avaient été arrachés à coups de hache. Le côté visible à l'intérieur du cabanon avait été noirci et strié par les flammes. Quand George et Ray s'installaient là pour fumer ce qu'ils avaient sous la main, c'est-à-dire, bien souvent, des fanes de maïs roulées à défaut de tabac, et jouer au crib avec le plateau que George avait volé chez lui, ils aimaient se raconter l'histoire de l'hiver 1906, quand il était tombé trois mètres cinquante de neige et qu'on n'avait pas vu le soleil pendant trois mois et que Budden, pris de démence, avait déboulé dans sa propre maison avec sa grande hache, fracassé tous les meubles, empilé les débris au beau milieu du salon, arrosé le tout de kérosène et gratté une allumette. Les entailles qu'on voyait encore dans la porte n'étaient pas l'œuvre de Budden, mais celle des pompiers volontaires et des voisins (c'est-à-dire les mêmes : tous voisins, et tous pompiers volontaires, parce que tout homme amené à combattre le feu devenait, de fait, un soldat du feu) qui avaient tenté d'entrer dans la maison à coups de hache pour venir à la rescousse de Mme Budden et des enfants. Le temps qu'ils comprennent que la porte était trop épaisse et qu'ils feraient mieux de passer par une fenêtre ou par l'arrière de la maison, l'incendie faisait rage et n'avait déjà d'autre choix que de se propager à la véranda. Et c'est alors, au moment même où ils s'en rendaient compte, à l'instant précis où ils prenaient collectivement conscience qu'ils n'arriveraient pas à la défoncer, qu'une explosion retentit à l'intérieur et fit voler la porte arrachée d'un coup à ses gonds, balayant les hommes sur son passage pour atterrir avec eux dans l'allée devant la maison, eux au sol et elle par-dessus – le côté à présent visible dans le cabanon hérissé de flammes et de tourbillons de fumée. Mais le détail crucial, qui justifiait à lui seul le récit épique et inlassable de cette histoire, était ceci : alors qu'on était enfin venu à bout de l'incendie et qu'on avait retrouvé les corps, le cadavre de Tom Budden dans la cuisine mais aussi ceux d'un adulte (une femme, fut-il par la suite établi) et de deux enfants, serrés les uns contre les autres au centre du périmètre délimité par le cadre métallique du grand lit double des Budden (matelas, draps et couvertures ayant été quant à eux réduits à l'état de cendres), calmes, paisibles, comme s'ils faisaient une petite sieste d'après-midi, carbonisés et fumants, dont tout le monde conclut qu'il ne pouvait s'agir que de Mme Budden et des deux petits Budden, et alors que les préparatifs pour les obsèques avaient déjà commencé, M. Potter prenant du mieux qu'il put les mensurations des corps calcinés pour ajuster la taille des trois cercueils, Mme Budden débarqua soudain avec ses enfants, de retour de Worcester où ils étaient allés rendre visite à sa mère. Personne ne sut jamais qui étaient la femme et les deux petits qui dormaient cet après-midi-là chez les Budden, le jour où Tom Budden avait perdu la tête et mis le feu à sa maison.

George se faufila derrière la porte et s'allongea. Il posa sa main blessée contre le bois froid et l'imagina brûlant, l'imagina faire rempart contre des flammes prodigieuses, qui martelaient, consumaient, dévoraient la porte et l'extirpaient de ses charnières. Le feu cognait de l'autre côté de la porte. George reposa la main sur ses jambes. Il essaya de serrer le poing. Ses doigts étaient encore trop endoloris pour se refermer complètement. Une fois de plus, il se prit à souhaiter que son père disparaisse de la surface de la Terre – non pas qu'il meure, non pas qu'il s'en aille, mais simplement, et subitement, comme par miracle, qu'il n'existe pas – puis à souhaiter que son père fût lui-même un enfant et qu'il eût été mordu par son propre père, afin qu'il ressente à son tour la douleur atroce d'être agressé par son propre géniteur. Les sentiments de George avaient oscillé de l'une à l'autre de ces deux pensées durant toute la semaine, sauf en présence de son père, lequel s'était tenu la plupart du temps à l'écart de la maison tout le reste de cette semaine-là, et rencogné, rasant les murs et tapi dans l'embrasure des portes, comme un chien battu, quand il était là. Chaque fois que George avait vu son père à la maison, il avait dû se retenir de pleurer tant il s'en voulait d'être en colère d'avoir un père fou pour qui il éprouvait tant d'amour, tant de pitié, tant de haine. Il enfouit la main blessée dans son manteau et s'endormit. À chaque respiration sortaient de sa bouche de maigres nuages de vapeur, qui s'élevaient en spirales, fragiles, et venaient se briser contre le bois sous la porte.

Kathleen dit à Howard : George s'est enfui.

Il dit : Comment tu le sais ?

Elle dit : Il a laissé Joe tout seul dans la cabane à outils. Il n'a pas coupé le bois. Il n'est pas allé chercher l'eau. Il n'a pas aidé Darla à faire ses devoirs d'arithmétique. Il a pris ta carriole et Prince Edward.

Il dit : Je ne crois pas qu'il ira bien loin. Il pensa : J'espère qu'il y arrivera.

Elle dit : Et tu comptes vendre quoi au juste sans ta carriole aujourd'hui ?

Il dit : Kathleen.

Elle dit : Tu peux emprunter Lady Godiva aux Levanseller. Il peut pas être à plus de trois kilomètres d'ici.

Il dit : Kathleen. Mais elle avait déjà fait demi-tour et contournait la maison pour rejoindre sa baignoire en étain pleine d'eau savonneuse brûlante et de vêtements.

Semblerait que George s'est enfui.

Vraiment.

Oui.

Ça alors, si on m'avait dit.

Et moi donc.

Les deux hommes regardèrent le ciel puis la cour de terre battue, bordée de neige sale, où les poules s'égaillaient et picoraient. Jack Levanseller retroussa les lèvres et laissa échapper de sa bouche un filet d'air.

Howard jeta un regard du côté de la grange des Levanseller, qui ressemblait plutôt à un grand garage reconverti en étable pour le vieux canasson que Jack Levanseller avait offert à sa fille, Emily, après qu'elle eut réclamé un cheval à cor et à cri, pleurant et trépignant pendant les repas : Je ne veux *pas* de pommes de terre ; je veux un *cheval* ! durant une semaine entière, jusqu'à ce que son père, excédé par les crises d'hystérie de la fillette de douze ans, finisse par se rendre au haras de Dexter et y achète la rosse la moins chère, la plus délabrée et la plus essoufflée, pour six dollars. Quand elle avait vu le cheval, avec ses naseaux morveux, ses oreilles galeuses et ses côtes saillant comme des douelles de barriques, et son pelvis aussi, elle avait hurlé : Qu'est-ce que c'est que *ça* ! et son père avait répondu : C'est ton cheval, et il a l'air d'avoir faim. Et froid. Et c'était vrai ; il avait beau faire plus de vingt-six degrés, en cette journée de la fin du mois de juin, le cheval semblait grelotter. Jack avait tapoté la croupe décharnée de la pauvre bête et, remarquant qu'il lui manquait une bonne partie de son pelage, et que c'était une jument, avait dit : C'est ton cheval, et elle s'appelle Lady Godiva. Alors va chercher un seau d'eau, du foin et la vieille couverture bleue et commence donc à t'occuper de ton nouveau cheval. Emily avait geint : Je ne veux pas de cette créature répugnante ! Je parie qu'on peut même pas la *monter* ! Et elle n'avait plus voulu avoir affaire, de près ou de loin, avec le misérable animal, si bien que c'était son père qui avait dû en prendre soin dès l'instant où il l'avait ramené dans sa propriété et il se plaignait à qui voulait l'entendre que c'étaient pas six dollars qu'il avait perdus avec cette carne mais beaucoup plus, vu le temps et l'avoine que ça lui coûtait pour la garder sur pattes avant qu'elle ne se décide à bien vouloir crever.

Howard dit : Lady Godiva…

Jack dit : C'est un dollar par jour.

Howard dit : Un dollar.

Jack dit : Plus l'avoine.

Plus l'avoine.

Les deux hommes regardèrent leurs mains, les poules.

Bon, eh ben, je peux toujours marcher, j'imagine.

J'imagine.

Bon bah, merci, Jack.

Pas de quoi, Howard.

Howard se mit en route sans dire à Kathleen que Levanseller demandait un dollar pour Lady Godiva et qu'il avait décidé d'aller à pied. Elle l'aurait obligé à faire demi-tour, quand bien même un dollar représentait deux fois plus que ce qu'il gagnait par jour la plupart du temps, une fois qu'il avait remboursé à Cullen le prix des brosses et des épingles à cheveux, et les deux ou trois pennies de profit ajoutés à ça. Il dépassa la maison, avec ses grandes fenêtres sur la façade avant, sa peinture grise écaillée et ses volets en bois brut qui moisissaient, posée là dans son écrin d'herbe hivernale et de neige. Il faisait plein jour à l'extérieur, et noir à l'intérieur, mais en passant il mit ses mains en œillère, scruta la salle à manger, et parvint à distinguer la table et les chaises vides.

Une fois que Howard s'est suffisamment éloigné, Kathleen interrompt sa lessive, se sèche les mains sur le devant de son tablier, et rentre dans la maison. Elle monte l'escalier sur la pointe des pieds, même si elle n'a aucune raison d'aller dans sa propre chambre en catimini. Elle entre dans la chambre et ouvre le dernier tiroir de sa commode. La commode est placée juste en face de la porte. Elle fouille dans le fond du tiroir et récupère la chaussette en laine dans laquelle elle a dissimulé la brochure de l'hôpital psychiatrique. Elle retire la brochure de la chaussette et, sans la regarder, la pose en évidence sur un coin de la commode, puis retourne à sa lessive.

Howard n'eut aucune difficulté à retrouver son fils. Les empreintes encore récentes de la carriole et de la mule partaient du jardin dans la direction opposée à la ville. Howard suivit la route et regarda les mauvaises herbes hivernales qui avaient percé sous la neige fraîche. Il n'avait jamais remarqué qu'il y en eût une telle variété. Il y avait des coques parcheminées de bourgeons éclos, et des épines, et des caïeux blanchâtres à l'extrémité des panicules. Certaines étaient penchées, le dos brisé, la tête enfouie dans la neige, comme si le givre les avait étouffées. Le réseau enchevêtré de tiges, de branches et d'inflorescences était squelettique, cimetière fossile d'une espèce disparue de créatures insectoïdes à l'ossature effilée. Et l'on eût dit que tous ces os, ensuite, avaient été pigmentés par le soleil et la terre, délavés du blanc originel de leur vivant en teintes brunâtres, si bien que des fleurs fibreuses et vigoureuses et du vert gonflé de semences qu'elles avaient jadis été, il ne restait plus rien. Howard imagina de quelles pensées serait traversé l'esprit d'un homme n'ayant jamais vu l'été, un homme d'hiver, qui en se penchant sur tout ce chiendent en arriverait à cette même déduction – qu'il avait sous les yeux un ossuaire. Cet homme tiendrait pour vraie cette observation, et fonderait dès lors toute sa conception du monde sur cette erreur. Il bâtirait de grands récits autour de ces animaux épineux à l'époque où ils frayaient dans les broussailles et les champs, il esquisserait des hypothèses extravagantes, publierait des articles, donnerait des conférences à d'opulentes assemblées d'hommes sérieux tous vêtus du même costume d'apparat, tirerait des conclusions, se tromperait sur toute la ligne. Howard songea : Je ne sais même pas si c'est de l'ambroisie ou de l'anthrisque.

Arrivé à la bifurcation menant à la ferme des Morrell, il vit les traces des roues de la carriole tourner dans le virage. Il y eut un moment de tristesse, de déception, et de profond amour pour son fils, à qui il eût souhaité, en cet instant précis, d'avoir pu saisir l'occasion de s'enfuir pour de bon. Peu importe le pourquoi, le comment, le qui et les conséquences ou les ramifications – la traîne de chagrin, d'amertume et de rancœur que tu aurais laissée dans ton sillage, surtout pour moi sans doute –, j'aurais tant aimé que tu parviennes à franchir les frontières de cette petite et froide orbite, que lorsque les archéologues épousseteront cette strate de notre monde dans un million d'années, délimiteront le périmètre de nos chambres avec leurs cordelettes et attribueront un chiffre à chaque assiette, chaque pied de table, chaque tibia, ils ne trouvent aucune trace de toi ; qu'il n'y ait de toi aucun vestige à dénicher et à étiqueter *jeune individu mâle* ; que tu demeures un secret, dont l'existence même serait une énigme qu'il ne leur viendrait pas à l'idée d'essayer de résoudre. Une image surgit soudain dans l'esprit de Howard, celle d'un archéologue en train d'examiner les frêles os de la main de George et d'expliquer à ses collègues que le garçon à qui ces os avaient appartenu avait été mordu un jour par une autre personne, un adulte, au cours de quelque rituel barbare, peut-être, ou parce que les hommes, en ce lieu et en ce temps-là, ressemblaient beaucoup plus à des bêtes sauvages qu'on ne l'avait imaginé jusqu'ici.

Howard entra dans le cabanon. La lumière s'infiltrait entre les planches de bois, là où l'herbe et la boue originelles, puis les pages froissées de la rubrique humoristique des journaux du dimanche, s'étaient depuis longtemps dissoutes.

George. Où es-tu ?

Je suis là, papa.

Où ?

Ici. George sortit à quatre pattes de derrière la porte.

Les yeux de Howard s'accommodèrent à la pénombre du cabanon. Il aperçut le visage de George derrière la vieille porte. Il se rappela l'incendie. Il se rappela l'histoire de la femme et des enfants. Il pensa : Mon fils caché derrière les ruines, mon fils caché derrière le dernier débris calciné d'une maison. Les maisons aussi peuvent être des fantômes, tout comme les gens. Et lorsqu'il pensa cela, ce fut parce qu'il se rendit compte que chaque fois qu'il imaginait (Suis hanté par, plutôt, songea-t-il, car voilà ce que sont, ce que font les fantômes, qu'ils fassent dégringoler les assiettes des étagères ou claquer les portes au milieu de la nuit ou jaillissent simplement à notre esprit, tout cela relève de la hantise) cette femme et ses enfants, ils étaient toujours dans cette maison, qui, comme eux, avait disparu de la surface de la Terre. Et nous étions comme ces hommes discourant sur les squelettes alignés au bord de la fosse ; nous étions certains que ces ossements étaient ceux d'Addie Budden et de ses gosses, mais nous avions tort. Voici donc mon fils caché derrière le dernier vestige d'une maison dont le bois s'est transformé en cendres jusque dans la mémoire vacillante de ceux qui s'en souviennent encore. Si cette porte nous survit à tous, elle ne sera, comme la plupart des choses, qu'une relique de plus, posée là (quelque part, peut-être pas même ici, mais en un lieu improbable – dans l'herbe des plaines, une île marécageuse du bayou, au fond d'une crevasse arctique) parmi d'autres artefacts qui n'ont peut-être pas même encore été fabriqués mais s'apprêtent à l'être, s'approchent irrésistiblement du moment où ils seront fabriqués (ou façonnés : fabriqués au sens où ils sont et ont toujours été présents dans le bois vivant, dans les veines souterraines, dans les étoiles et le ciel noir), mais qui déjà, avant même d'être fabriqués, se précipitent vers leur destruction, puis leur reconstruction peut-être. Chaque chose est vouée à périr ; le mystère de toute chose est de n'avoir pas déjà été anéantie. Non, songea-t-il. Le mystère de toute chose est d'avoir été créée. Que subsiste-t-il, au-delà de ce cataclysme de construction et de destruction ?

Voici donc mon fils, qui déjà s'efface. Cette pensée l'effraya. Cette pensée était effrayante parce qu'il sut, à peine lui était-elle venue à l'esprit, que c'était vrai. Il comprit soudain que son fils, même s'il était là devant lui, à quatre pattes, familier, banal, s'effaçait déjà, lui échappait déjà. Son fils s'effaçait sous ses yeux et c'était un fait inévitable, même si Howard comprenait aussi que cet effacement n'avait pas encore véritablement commencé, qu'à cet instant précis lui-même et son fils, le père debout dans la pénombre, le fils à quatre pattes et en partie dissimulé par la porte carbonisée, n'étaient pas encore au terme mais au milieu du chemin qui les mènerait à l'instant où commencerait l'effacement. Howard savait seulement que cet instant viendrait, et qu'il venait par hasard d'en entrevoir l'existence avant l'heure, comme si ce moment était à l'image de la porte brûlée : un objet posé dans le cabanon, échoué parmi les vieux outils rouillés, les scies, les bêches, les râteaux, mais tout aussi inconcevable et inconnaissable que sa race disparue de créatures aux ossements d'herbe.

Ta mère s'inquiète, George. Il faut que tu rentres à la maison.

Je sais, papa.

George se leva et rejoignit son père. Howard posa une main sur l'épaule de son fils pendant un instant et regarda le garçon dans les yeux. Il sembla sur le point de dire quelque chose, mais se ravisa, sourit et retira sa main. George grimpa sur la carriole et Howard détacha Prince Edward. La mule réagit aux gestes de Howard de bien meilleure grâce que tout à l'heure, et père et fils rentrèrent ainsi chez eux, sans parler.

Le lendemain soir, Howard passa sans s'arrêter devant sa maison avant même de prendre conscience qu'il avait vu la brochure d'un endroit appelé l'hôpital du Maine le matin même sur la commode de sa femme et qu'elle avait l'intention de le faire interner là-bas. Il contourna le centre-ville et se dirigea vers le sud. À l'intérieur, le dîner était servi. Chacun était assis à sa place, en silence, attendant qu'il apparaisse sur le chemin de terre battue, attache la longe de Prince Edward, lui donne du foin, puis entre et dise le bénédicité, qu'il achevait toujours par ces mots : Et accorde-nous, Seigneur, de percevoir qu'il n'est rien de meilleur pour un homme que de se réjouir du travail accompli. Amen.

Howard n'aurait pas pu passer la journée à envisager la possibilité de quitter sa famille, à en peser sérieusement les implications, puis, pour finir, malgré tout, la quitter en effet. Il lui eût été bien trop pénible de réfléchir à un tel geste puis de passer à l'acte. Alors il ne réfléchit pas. Il partit, et ne s'aperçut qu'ensuite qu'il avait franchi le pas, car il eût été tout aussi incapable de rentrer chez lui et de regarder sa femme lui passer une assiette de poulet ou une corbeille de pain chaud sans se dire qu'elle était pendant ce temps-là en train de songer à la manière dont elle allait s'y prendre pour le faire interner. Il eût été insoutenable, sachant quelles intentions malveillantes se dissimulaient derrière la bonté de ses gestes, de songer à leurs conséquences, car il avait toujours cru que leur silence mutuel, face à ses crises, face à tout, était l'expression, chez lui de sa reconnaissance, chez elle de sa loyauté. Il avait cru que leur silence relevait d'une forme de bienveillance, offerte et acceptée.

La distance entre Howard et sa maison se creusait et, à mesure, l'éloignait de sa propre vie comme l'aurait fait le temps. Les odeurs d'huile à bois et de kérosène émanant de la carriole lui firent penser aux chambres et aux escaliers dans lesquels il savait déjà qu'il ne pénétrerait plus jamais, et il comprit que la carriole branlante sur laquelle il était assis, pleine de produits pour nettoyer, récurer, réparer, organiser, entretenir la vie domestique, était une maison. Je suis perché au sommet d'une maison, pensa-t-il. Il pensa : Accorde-nous, Seigneur, de percevoir qu'il n'est rien de meilleur pour un homme que de se réjouir du travail accompli. Seigneur, entends-moi pleurer parce que je me suis laissé croire que tout est pour le mieux si j'ai une pleine réserve des deux teintes de cirage à chaussures et de cire d'abeille pour les tables en bois, d'éponge de mer et de paille de fer pour la vaisselle sale. Seigneur, entends-moi pleurer tandis que je remplis les factures de seaux en étain, et glisse de l'eau-de-vie dans les poches de mon manteau en guise de paiement, et parle aux gens de mes fils si brillants et de mes filles si belles. Seigneur, connais ma honte tandis que je pousse ma mule à bout de forces, même après que la lune et Vénus se sont levées pour accueillir en leur règne les chouettes et les souris, parce que je ne rentrerai pas auprès de ma famille – de ma femme, de mes enfants –, parce que le silence de ma femme n'est pas une marque de la mansuétude propre aux êtres droits et sévères qui Te craignent ; c'est le calme de l'indignation et de l'amertume. C'est le calme de qui attend son heure. Seigneur, pardonne-moi. Je pars.

Après un dégel précoce en ce mois de janvier, il avait plu toute la journée, mais juste avant le crépuscule, les nuages orageux se dissipèrent et il ne pleuvait plus que dans les arbres. Une brume vaporeuse se dégageait de la neige. Les arbres étaient à moitié dans la lumière, à moitié dans l'ombre, tandis que le soleil déclinant tissait sur le monde des striures composées à parts égales de sa propre lumière et de la nuit approchante. Howard mena Prince Edward jusque tard dans la soirée. La mule était difficile à diriger. Elle essaya de rebrousser chemin plusieurs fois. Plusieurs fois la mule s'arrêta et refusa de repartir. Howard finit par céder et fit halte pour la nuit à trente kilomètres au sud de ce qui était désormais son ancien foyer. Il quitta la route pour rejoindre une clairière où sans raison apparente la neige avait fondu, dégageant un cercle d'herbe assez large pour y garer la carriole. Il déharnacha Prince Edward, le nourrit, puis se nourrit à son tour en mangeant le déjeuner auquel il n'avait pas touché de l'après-midi parce que, même s'il ne s'était pas autorisé à réfléchir consciemment à sa fuite, une partie de lui-même avait eu l'intuition de garder pour plus tard le sandwich au jambon et les pommes de terre froides.

Howard s'allongea contre l'une des roues arrière de la carriole et contempla les bougies du ciel, puis baissa les yeux sur celle qu'il avait allumée et eût aimé la voir bleuir à la lumière des étoiles et les étoiles devenir dorées comme des mèches embrasées. Il se demanda si Kathleen et les enfants étaient toujours assis à la table de la salle à manger devant leurs assiettes froides.

Et quand bien même il aurait pu leur offrir des poneys de cirque et des robes en soie ? Et à quoi bon les cendres, les haires et les morsures aux pieds et aux mains ? Howard imaginait que rien de tout cela n'apaiserait le cœur de sa femme. Sa piété dépendait par trop d'une feinte indulgence, d'une façade d'oppression. Les colifichets ne valaient guère mieux que la poussière de charbon. Le fait qu'elle mette un point d'honneur à ne manger que les morceaux de poulet les plus cartilagineux, le pain le plus brûlé, les pommes de terre les plus farineuses, tout en se plaignant à Howard de ce qu'il avait des enfants tour à tour faibles d'esprit, hystériques ou malingres, et semble estimer qu'ils souffraient de toutes ces tares parce qu'il leur manquait un bon morceau de steak ou un nouveau bonnet de laine, n'était qu'un effet des circonstances ; se fût-elle retrouvée assise sur un trône lors d'un banquet à douze plats, devant une table chargée de toutes les créatures dont le Seigneur avait peuplé les cieux et les champs, ficelées, rôties et baignant dans leur jus savoureux, elle aurait rempli son assiette des plus exquises victuailles et se serait lamentée de ce que ses chétifs rejetons étaient comme ils étaient parce qu'ils étaient trop gâtés et qu'ils auraient bien plutôt mérité une cuve de bouillie froide et une soupière de boue.

Howard songea : N'est-ce pas vrai : un simple hochement de tête, un pas à gauche ou à droite, et d'individus sages, honnêtes et loyaux, nous nous transformons en imbéciles pleins de suffisance ? La lumière change, nous clignons des yeux, considérons le monde avec un infime écart de perspective, et la place que nous y occupons est devenue infiniment différente : un rai de soleil révèle un éclat sur une misérable assiette – je suis un marchand de ferraille ; la lune est un œuf luisant en son nid d'arbres effeuillés – je suis un poète ; la brochure d'un asile est posée sur la commode – je suis un épileptique, dément ; la maison est derrière moi – je suis un fugitif. Son désespoir ne venait pas du fait qu'il était un imbécile ; il savait qu'il était un imbécile. Son désespoir venait du fait que sa femme ne voyait en lui qu'un imbécile, un inutile marchand de ferraille, un plagiaire de mauvaises rimes tirées de magazines religieux à deux sous, un épileptique, et ne prenait pas la peine de tourner la tête pour voir en lui quelque chose de meilleur.

Il dormit dans l'herbe au pied de la carriole. La lune se leva et dessina un arc au-dessus de sa silhouette endormie. La nuit donna sa représentation tandis qu'il rêvait de chambres vides et de couloirs désertés. Une maigre meute de loups descendit des collines. Ils encerclèrent sa carriole, reniflèrent, puis s'éloignèrent à pas furtifs. Il s'éveilla juste avant l'aube et crut apercevoir des lueurs dans les arbres, mais une légère brise s'éleva dans l'herbe, gagna les branches et en chassa la lumière ; alors il referma les yeux.

Il fut réveillé en sentant Prince Edward flairer l'herbe près de sa tête. Il attrapa son chapeau, parce que la mule le lui avait mangé, un jour, à s'en rendre toute malade et flatulente, le contraignant à la suivre derrière, les yeux embués de larmes et le nez recuit de soleil. Les oiseaux échangeaient leurs trilles et leurs vocalises d'inquiétude et d'avertissement. Il était assez tôt pour que l'herbe où il était allongé près de la carriole fût encore teintée de bleu, de gris et de mauve. Au-delà de l'ombre de la carriole, la neige était bleue. La rosée des arbres avait gelé pendant la nuit et s'était transformée en gaines de glace réfléchissant la lumière dorée du soleil levant en une lumière argentée qui scintillait dans le vent léger. Un petit chapelet de champignons avait inexplicablement poussé dans l'herbe à côté de Howard au pied de la carriole. Il les observa et ressentit une vague angoisse à les voir ainsi jaillis du néant et devenus si gros en si peu de temps et par un si grand froid.

3

Il n'était jamais venu à l'idée de Howard de parler à George de son propre père. Howard songeait : C'est vrai ; mon propre père était toujours dans la pièce du haut, assis au bureau en noyer sous les combles, en train d'écrire. Il était là-haut même quand nous dînions et quand je faisais mes devoirs. Il faisait parfois des remarques à ce sujet ; il disait : Comme c'est étrange, je suis ici en train de manger des petits pois, et là-haut en même temps, en train de griffonner mon sermon. Nous ne disions rien, mais j'étais parcouru d'un frisson à l'idée de me lever de table, à la gauche de mon père, de traverser l'étroit couloir aux murs nus et de monter l'étroit escalier, qui était la seule voie d'accès à l'étage, pour entrer dans le bureau, où je trouverais mon père penché sur son travail. Il m'arrivait de passer des dîners entiers à m'imaginer pris dans une sorte de boucle sans fin, oscillant continuellement entre mon père à son bureau et mon père à table, mes intentions toujours contrariées par son ubiquité et par ma propre incapacité à me trouver, comme lui, en plus d'un endroit à la fois. Mon père était un homme étrange, et doux.

Un vent se levait parmi les arbres, tel un chœur, si semblable alors à un souffle, sa sonorité si semblable à un souffle, le souffle de milliers d'âmes se rassemblant quelque part au-dessus des bois bordant les bassins et les déclivités derrière les montagnes pelées à la façon des orages et surgissant dans leur dos là encore à la façon des orages, qu'on n'entendait pas, pas tout à fait, mais qu'on sentait barométriquement – comme une contraction ou un affaissement de tonalité à mesure que tout se compressait au-devant, ce qu'à nouveau on ne voyait pas, pas tout à fait, mais dont on pouvait presque voir le résultat, plutôt –, l'eau qui s'aplatit, de sorte que la lumière en émanant change d'angle, l'herbe qui se raidit, passant du vert à l'argenté, les hirondelles voletant au-dessus de l'étang propulsées d'un bloc en avant puis reprenant leur position initiale en redressant le cap, tel un projectile lancé devant soi par le vent. Les poils de ma nuque se hérissaient, du haut de l'échine au sommet du crâne, comme si elle était traversée par un courant, et quand ce courant sautait du haut de ma tête et si j'étais le dos tourné aux arbres, je sentais le vrai vent venir me caresser le bas de la nuque et s'insinuer dans mes cheveux, dans l'eau, dans l'herbe, et enchevêtrer les hirondelles à sa voix chorale faisant vibrer toutes les tristesses ancestrales et innommables au fond de nos gorges, là où la voix s'enrouait et se brisait sur la portée des vieilles chansons oubliées. Mon père disait : Les chansons oubliées que nous n'avons jamais vraiment sues, qu'il nous semble simplement nous rappeler avoir sues autrefois, alors que nous ne faisons jamais que comprendre en réalité, au même moment, combien elles nous étaient inconnues en vérité et combien, en vérité, elles doivent être glorieuses. Mon père me disait cela assis à son bureau à l'étage, sous les combles, tandis que de l'autre côté de l'étang je traquais les loutres ou repêchais les débris des pins abattus près de la pointe du rivage. J'entendais sa voix et scrutais, au-delà de l'eau, le blanc de notre maison, à peine discernable derrière la ligne des arbres, l'endroit précis où je savais que sa fenêtre ouverte inhalait et exhalait les rideaux blancs unis que ma mère avait tenu à accrocher là au nom de la plus élémentaire décence domestique. Il me murmurait à l'oreille : Apporte de la ficelle, des bouchons de bouteille et des bris de verre ; apporte des emballages de bonbon, des pièces et des galets polis ; apporte des plumes et des rognures d'ongle ; les vieilles chansons ont effondré notre modeste demeure et il nous faut la rebâtir. Et notre maison alors, de l'autre côté de l'étang, frémissait un instant puis disparaissait en un clignement, telle la fragile idée qu'elle avait toujours été. Et ainsi me retrouvais-je de nouveau sur la rive lointaine, à contempler l'endroit où nous bâtirions notre maison, une fois que nous aurions défriché les bois et creusé les fondations.

Comment puis-je ne pas me demander ce que ce serait que de m'asseoir dans cette froide eau d'argent, cette froide eau pierreuse me montant jusqu'au menton, les feuilles de spartine emmêlées à hauteur d'yeux, m'asseoir dans l'eau figée, dans l'air figé, la lumière du jour derrière moi éclairant le visage de toutes choses sous la meule noire des nuages dont le couvercle empèse le ciel devant moi tandis que je regarde l'orage approcher au nord ? Et mon père qui me murmure à l'oreille : Reste bien immobile, immobile, immobile. Et pourtant tu changes tout. À quoi ressemblait le marais, en attendant l'orage, avant que tu ne viennes t'agenouiller dans l'eau ? À rien. Regarde, après que tu as quitté l'eau, transi de froid et de regrets à présent, bien loin de chez toi, assuré de la courroie sur ton dos, de l'épaule froide, des corvées supplémentaires ; regarde. Regarde l'eau se guérir de ta présence – non pas pour réparer un tort mais pour s'offrir derechef, si jamais te prenait l'envie de risquer de t'y engoncer de nouveau, car au lieu que le ciel soit noir et les arbres et les pierres lumineux, la prochaine fois, c'est le ciel qui sera lumineux et le monde lugubre. Ou alors il y aura de la pluie mais pas de vent. Ou du vent et du soleil. Ou un ciel étoilé tressé de nuages qui ressembleront à une trame de coton. Tu ne ferais pas mieux même en faisant passer cent lois au Congrès.

Ô sénateur, quittez votre froc ! Desserrez votre cravate ! Ôtez vos guêtres et pénétrez dans les bas-fonds de ce monde grouillant d'éphémères et de libellules et d'yeux de grenouille plantant leur regard dans le vôtre, et son lit de limon. Cessez vos manœuvres dilatoires à l'encontre du monde que Dieu vous a donné. Fi de vos imprécations, de vos inclinations embarrassantes, de vos sinuosités au nom de la droiture. Fi de vos appels à la ruine du Maure et de l'Hindou, du Zoulou et du Hun. Rien de tout cela ne vous vaut la moindre nèfle. Observez, et soyez un génie ! D'un souffle, je disséminerai votre monde, vos monuments de métal, vos monuments de pierre, et la bannière bariolée de vos haillons. Ils s'éparpilleront comme autant de piquets et de quilles. Souffler une chandelle en son bougeoir me causerait plus d'épuisement. Ffft ! Là : plus rien.

Je dois avouer que les sermons dominicaux de mon père étaient assez ternes et vagues. Les paroissiens s'assoupissaient régulièrement, assis bien droits sur leur banc, et il n'était pas rare d'entendre çà et là résonner quelques ronflements dans un coin de la salle. Mon père, d'une voix bourdonnante et sans relâche, discourait sur l'importance de chacune des bêtes de la nature, jusqu'à la plus infime, énumérant pratiquement toutes les créatures dotées de pattes, de nageoires ou d'ailes qu'il connût, et répétant à l'envi que chacune à sa manière était aussi importante que n'importe quelle autre œuvre divine. Et voyez les rats dans le blé, disait-il. Et les vaches mugissantes, et les écureuils ramassant leurs noix. Ne sont-elles pas, elles aussi, des créatures de Dieu ? Et le raton laveur aux griffes fouisseuses.

Il n'y avait aucun rapport entre ces discours ineptes et les textes pleins de fougue, obsessionnels même, qu'il composait là-haut sous sa mansarde. On eût dit, en vérité, que plus mon père passait de temps à écrire dans son bureau, plus ses sermons empiraient, jusqu'à se réduire presque à d'incohérents marmonnements, au milieu desquels, ici et là, pour autant du moins qu'on prêtât l'oreille, surnageait le nom de tel ou tel obscur prophète ou une citation tirée d'un psaume, d'un chapitre, d'un verset. Les gens du village ne goûtaient guère ce remugle de mots, et ce qu'ils avaient pris peut-être, au début, pour une forme particulièrement torve d'intelligence, laquelle lui permettait même, peut-être, de composer ses sermons à la manière de paraboles, à l'instar du Christ, eut tôt fait de venir à bout de leur patience et de s'attirer des plaintes – adressées par le biais de discrètes missives, dans un premier temps, puis directement à mon père au sortir de l'église. Mon père réagissait à ces critiques par un étonnement sincère, comme s'il était lui-même choqué à l'idée de n'avoir pas inclus dans son sermon ce qu'avait dû pourtant être le fond de sa pensée. Diantre, madame Greenleaf, disait-il, je suis absolument navré que le sermon vous ait déplu. Le chemin est étroit. J'ai dû m'égarer, disait-il, l'air confus. Tel fut le premier signe indiquant qu'il s'était en quelque sorte désamarré de notre monde et que, déjà, il avait commencé à dériver.

Les choses finirent par prendre une tournure si inquiétante aux yeux de la congrégation (après un office dominical particulièrement déconcertant, au cours duquel mon père, à un moment, évoqua le diable pour expliquer sans ambages que ce dernier n'était pas si mauvais que ça, somme toute) que les paroissiens exigèrent la tenue d'une assemblée extraordinaire pour discuter de l'état de délabrement de plus en plus prononcé de leur nouveau pasteur. Ce jour-là, un mercredi matin où il devait se présenter devant les diacres et la congrégation, ma mère fut quasiment obligée de lui enfiler elle-même ses vêtements. Il était pâle, mal rasé, et ressemblait à un enfant. Ma mère le vit et s'écria : Mais qu'est-ce que vous fabriquez ? Nous sommes attendus à l'église, pour l'assemblée. Seigneur, Seigneur. Depuis que mon père avait commencé à décliner, ma mère gardait ses pensées pour elle. Elle faisait la cuisine, le repassage et le ménage dans sa maison, en se disant sans doute que mon père devait traverser une mauvaise passe, que la médiocrité de ses sermons et le temps de plus en plus long qu'il mettait à les rédiger faisaient partie d'un cycle naturel de hauts et de bas que tout pasteur devait connaître au cours de sa carrière. Peut-être même pensait-elle qu'il était ébranlé dans ses croyances, victime d'une crise salutaire dont il sortirait raffermi dans sa foi et armé de convictions plus fortes que jamais. Quelles que fussent ses pensées, elle n'en dit jamais un mot.

Lorsqu'elle eut enfin réussi à rendre mon père présentable, rasé, habillé et prêt à partir pour l'église, ma mère m'ordonna de ne pas aller à l'école, de rester à la maison, de veiller à la bonne marche du foyer et d'être là à leur retour. Quand ils furent partis, je m'assis à la table de la cuisine devant mon manuel d'histoire ouvert au chapitre que j'étudiais alors, consacré à Napoléon. Il y avait un tableau le représentant sur un cheval blanc, et un autre où on le voyait mener la charge, sabre au clair et pointé sur un ennemi invisible. Je n'arrivais pas à me concentrer sur le texte. Je m'inquiétais pour mon père. Tout au long de sa maladie (tel est le mot qui à ce moment-là, pour la première fois, me vint à l'esprit, et j'en fus choqué et soudain effrayé), il était resté doux et distant avec moi, comme il l'avait toujours été, mais j'avais remarqué ces derniers temps qu'il lui arrivait de m'observer d'un air un peu mélancolique, comme si ce n'était pas moi qu'il regardait alors, mais un dessin de moi, ou une photographie ; comme s'il se souvenait de moi.

J'avais l'impression que mon père était tout simplement en train de s'effacer. Il devenait de plus en plus difficile à voir. Un jour, je croyais qu'il était assis dans son fauteuil, à son bureau, en train d'écrire. Il semblait du moins griffonner sur une feuille de papier. Lorsque je lui demandai où était le sac pour ramasser les pommes, il disparut. Je n'aurais su dire s'il avait bel et bien été là, ou si c'est à l'écho de quelque effigie spectrale que j'avais adressé ma question. C'est peu à peu, toutefois, qu'il se désagrégea du monde. Au début, il paraissait simplement flou, dans les marges. Mais bientôt, il fut incapable de fournir une armature convenable à ses propres vêtements. Il me posait une question tandis que j'étais dos à lui, assis sur une caisse en train d'écosser des haricots ou d'éplucher des pommes de terre pour ma mère, et quand, ma réponse n'ayant reçu nulle réplique, je me retournais, il n'y avait là que son chapeau, ou sa ceinture, ou une seule chaussure, posée sur le seuil de la porte comme par un enfant facétieux. À la fin nous n'étions même plus capables de le voir, seulement de le sentir, dans de brefs frôlements d'ombre ou de lumière, ou sous la forme d'une légère pression, comme si l'espace qu'on occupait se retrouvait soudain encombré de quelque chose de plus, ou encore nous discernions la trace d'une odeur inusitée pour la saison, celle par exemple de la neige fondue imprégnant la laine de son manteau d'hiver, mais dans la fournaise d'un plein midi d'août, comme si, les dernières fois où j'avais perçu de lui la présence réelle d'un être au lieu d'une simple réminiscence, il avait pensé à se rappeler au bon souvenir du monde au mauvais moment et s'était par pur hasard extirpé de je ne sais quels limbes hivernaux pour surgir au beau milieu des jours de canicule. Et il semble que ce genre d'épisodes ne faisait que confirmer à ses yeux la fatalité de son effacement, son impression de n'être jamais à sa place, si bien que lors de ces visitations ébahies, quand bien même je ne parvenais pas à le voir, je sentais sa surprise, son effarement, le désarroi qu'on éprouve en rêve lorsque soudain l'on rencontre le frère qu'on ignorait avoir ou qu'on se souvient de l'enfant qu'on a laissé derrière soi sur la colline, à plusieurs kilomètres et plusieurs heures de distance, parce que, allez savoir comment, l'on a été un instant distrait et, allez savoir comment, on en est venu à croire en une autre vie et le choc alors ressenti à ces terribles rappels, à ces soudaines retrouvailles, provient à parts égales de la tristesse pour tout ce qu'on a négligé et de l'incrédulité devant la manière absolue et vertigineuse avec laquelle on en est venu à croire en autre chose. Et cet autre monde, qu'on n'a fait au départ que rêver, est toujours meilleur, à défaut d'être réel, car en ce monde-là on n'a pas répudié son grand amour, abandonné son enfant, tourné le dos à son frère. Le monde se sépara de mon père comme lui-même se sépara de nous. Nous étions devenus son rêve.

Une autre fois, je le trouvai en train d'essayer d'attraper une pomme dans un tonneau à la cave. Je distinguais à peine sa silhouette dans la pénombre. Chaque fois qu'il essayait de s'emparer d'un fruit, celui-ci se dérobait, ou plutôt c'était lui-même, devrais-je dire, qui s'y dérobait, car il n'avait pas plus de prise sur les choses qu'un courant d'air qui se glisse par une fêlure dans une fenêtre. Il parvint à un moment, après s'être apparemment concentré pendant quelque temps, à déloger une pomme au sommet du tas, mais elle dégringola par-dessus les autres et vint s'immobiliser sur la lèvre du tonneau. Quand bien même, me dis-je, j'arriverais à saisir une pomme entre mes mains débiles, comment pourrais-je y planter mes dents fragiles, comment mon estomac brouillé pourrait-il la digérer ? Je me rendis compte que cette pensée n'était pas la mienne, mais celle de mon père, que même ses idées à présent échappaient à la conscience qu'il n'était plus. Mains, dents, estomac, et pensées même, tout cela n'était jamais que l'attirail plus ou moins pratique de l'expérience humaine, et, à mesure que mon père prenait ses distances avec l'expérience humaine, ces outils particuliers, eux aussi, s'en allaient rejoindre quelque mystérieux brouet originel où leur serait bientôt assigné un nouveau rôle, celui d'étoiles ou de boucles de ceinturon, de poussière de lune ou de clous de chemin de fer. Peut-être étaient-ils déjà devenus toutes ces choses, et l'effacement de mon père venait-il de ce qu'il avait compris ceci : Diantre, je suis fait de planètes et de bois, de diamants et de pelures d'orange, alors et maintenant, ici et là ; le fer de mon sang fut jadis le soc d'une charrue romaine ; décollez la peau de ma tête et vous découvrirez les gravures de quelque antique chasseur de baleine qui pas un instant ne se douta que c'étaient les os de mon crâne qu'il tailladait ainsi – non, mon sang est une charrue romaine, mes os sont gravés par des hommes dont les noms signifient guerrier de la mer et cavalier de l'océan et les dessins qu'ils y tracent représentent les étoiles du septentrion à diverses saisons, et l'homme qui fait filer droit mon sang crevassant le sol s'appelle Lucien et il sèmera du blé, et je n'arrive pas à me concentrer sur cette pomme, cette pomme, et le seul point commun de tout cela est que j'éprouve un chagrin si profond que ce doit être de l'amour, et ils sont furieux parce qu'ils sont dérangés au beau milieu de leurs travaux de gravure et de labour par la vision de pommes qu'on essaie de ramasser dans un tonneau. Je détournai les yeux et remontai l'escalier à toute vitesse, en évitant les marches grinçantes afin de ne pas mettre mon père dans l'embarras, qui n'avait pas encore tout à fait quitté son masque d'argile pour redevenir lumière.

Imaginons que ma mère aidait mon père à s'habiller à l'aube d'un matin d'avril. Il faisait noir et venteux dehors, et la neige tombait du ciel en flocons tourbillonnants comme des copeaux de nuages écorcés, et nous étions enfermés tous les trois depuis quatre jours à cause de la pluie et du vent, de la crue et du débord des rivières et des lacs. Deux nuits plus tôt, nous avions même aperçu le vieux Sabbatis à bord d'un canoë traverser les bois derrière notre maison en pagayant. Mon père se contorsionnait, incapable d'enfiler sa veste tout seul. Et lorsque ma mère l'aida, les manches de sa veste entraînèrent celles de sa chemise, si bien que l'une et l'autre, tirées trop haut sur les bras, se retrouvèrent retroussées jusqu'au coude. Sa tête ballottait, et, tandis que lui-même et ma mère se débattaient avec sa veste, son chapeau à large bord tomba à moitié, si bizarrement incliné sur son front qu'on eût dit que c'était un épouvantail que ma mère s'échinait ainsi à habiller. Ma mère lui dit d'une voix pleine d'agacement et de sollicitude à la fois : Oh, mon père, vous savez bien que vous êtes censé mettre votre chapeau en dernier. Il avait l'air assoiffé et faisait tourner sa langue dans sa bouche comme s'il y cherchait de l'eau.

Imaginons que ma mère habillait mon père dans le salon plutôt que dans leur chambre et que cela m'effrayait de voir par exemple les jambes maigres et pâles de mon père, nues, dans la pièce où il consolait les veuves. Les rideaux des deux fenêtres étaient tirés et ma mère n'avait pas allumé de lampe, de sorte qu'ils bataillaient dans la seule lumière blafarde filtrant dans la pièce par les franges des rideaux. Debout sur le seuil de la cuisine, je les regardais. Mon père subissait un moment d'immense humiliation et je ne pouvais lui être d'aucun réconfort. Le voir ainsi devoir lutter avec ma mère pour entrer dans ses vêtements avait quelque chose de subreptice et d'atroce. Et pourtant, l'idée de traverser la pièce pour aller ouvrir les rideaux et permettre à la faible lumière crue du jour de les éclairer paraissait pire encore, comme si le moins qu'on pût accorder à mon père était de le laisser se disloquer dans le noir.

Quand mon père fut habillé, ma mère le dirigea vers la cuisine. Ils s'y rendirent côte à côte, dans une presque étreinte, ma mère lui frottant le dos d'une main et, de l'autre, lui tenant sa main à lui, le guidant, le rassurant, murmurant d'une voix douce, regardant ses pieds pour veiller à ce qu'il ne trébuche pas. Je reculai dans la cuisine, et, lorsqu'ils entrèrent, ma mère me vit et dit : Il va falloir que tu te prépares ton petit déjeuner tout seul aujourd'hui, Howard, j'accompagne ton père. Mon père me regarda et hocha la tête, comme on le ferait en rencontrant pour la première fois l'ami d'un ami dans la rue. Ma mère ouvrit la porte d'entrée et chaque objet dont les contours se découpèrent alors dans la lumière devint une relique ancestrale. Je n'arrivais pas à imaginer à quoi avaient bien pu servir un jour les poêles en fonte ou les rouleaux à pâtisserie. Dans l'encadrement de la porte, derrière notre jardin, à la lisière de la route, se tenaient quatre hommes, tous en manteau noir et chapeau noir, qui attendaient ma mère et mon père. C'étaient des amis de mon père, des hommes de l'église. Debout sur le pas de la porte, je regardai ma mère et mon père rejoindre les quatre hommes, qui les entourèrent et les escortèrent jusqu'à un fiacre tiré par quatre chevaux, posté à distance respectable et conduit par un homme que je ne reconnus pas et qui les attendait, assis, emmitouflé dans son manteau et son écharpe pour se protéger du vent, de la neige et de la pluie, qui avait recommencé à tomber. Les hommes aidèrent d'abord mon père à grimper à bord du fiacre, puis ma mère, inversant l'ordre habituel et rituellement observé de leurs bienséances d'une manière qui me parut irrévocable et accablante. Le cocher fit claquer ses rênes et les chevaux piétinèrent un instant dans la boue avant de trouver leur cadence, mais il leur fallut traîner le fiacre sur plusieurs mètres avant que les roues accrochent la route et se mettent à tourner. Le fiacre et les sept sombres silhouettes voûtées disparurent dans les arbres à l'extrémité du jardin, et c'est la dernière fois que je vis mon père.

Le lendemain matin, je descendis à la cuisine, où ma mère faisait des crêpes. Je m'assis à ma place et remarquai que le couvert n'avait pas été mis pour mon père. Je m'asseyais d'habitude à sa gauche tandis que ma mère, quand elle s'attablait pour le dîner (elle ne s'asseyait jamais avec nous pour le petit déjeuner), mangeait en face de lui à l'autre bout de la table. Je demandai : Où est papa ? Ma mère se figea, une main serrée sur sa spatule, l'autre sur un torchon enroulé autour de la poignée de la poêle en fonte. Howard, dit-elle, ton père est parti. Les fenêtres de la cuisine étaient toutes orientées à l'ouest et ne laissaient ainsi entrer de la lumière du matin que les reflets renvoyés par les derniers nuages s'en allant avec l'obscurité et par les arbres à l'orée des bois derrière le jardin. J'eus la sensation que nous étions dans un songe de la mort de mon père, une sorte de répétition du jour où elle se produirait pour de vrai, plutôt qu'au simple commencement d'un nouveau matin du monde. J'avais beaucoup de mal, alors, à distinguer entre le rêve et la réalité, car je faisais souvent des rêves où mon père venait m'embrasser dans ma chambre et reborder les couvertures que, dans le sommeil agité qui était le mien, j'avais fait tomber de mon lit. Dans ces rêves, je me réveillais et, en voyant mon père, comprenais soudain, avec une extraordinaire acuité, combien il m'était cher. Comme il était déjà mort une fois, je savais ce que cela me ferait de le perdre, et maintenant qu'il était revenu, j'étais déterminé à prendre mieux soin de lui. Papa, lui disais-je dans ces rêves, qu'est-ce que tu fais ici ? Je ne suis pas encore tout à fait parti, me répondait-il d'un ton badin où j'aurais dû percevoir la marque du rêve, puisqu'il n'employait jamais ce ton dans la vie, quoique je l'eusse souvent souhaité. Bon, eh bien cette fois, on va faire en sorte que tu restes en forme, disais-je, et je le serrais dans mes bras.

Mais quoi, perfide babillard ? Tes stériles postillons étoufferont-ils le feu qui flamboie au fond de mon propre cœur ? En aucune façon ! Car ma flamme est de celles qui ne se consument point, et la vesse de tes mugissements ne réussira qu'à l'attiser, de sorte qu'elle n'en brûlera qu'avec plus d'éclat, d'ardeur et de certitude.

Je décidai d'essayer de retrouver mon père dans les bois. Pour marcher dans les bois, je chaussai les vieilles bottes de mon père. Comme elles étaient trop grandes, je dus les rembourrer en enfilant trois paires de chaussettes. J'avais mis mon déjeuner dans sa musette en osier, passée en bandoulière sur mes épaules. Je portais son chapeau à large bord. En traversant l'arpent de maïs des Gaspar, je m'imaginai en briser un épi, peler les feuilles et trouver les dents de mon père au milieu des grains. Elles étaient propres et blanches, mais usées comme les siennes. Les dents étaient enserrées dans un écrin de cheveux de mon père au lieu des soies du maïs. En marchant dans les bois, je m'imaginai peler l'écorce d'un bouleau, ses premières couches aussi souples qu'une peau. Je l'écorçais jusqu'à atteindre le bois. Je plantais la pointe de mon couteau dans le bois et l'enfonçais jusqu'à ce que la lame touche quelque chose de dur.

Je creusais une entaille dans le bois, l'écartelant peu à peu, et trouvais un long morceau d'os incrusté au milieu du tronc. Je m'imaginai ramasser des galets plats dans le lit des ruisseaux. Je m'imaginai grimper aux arbres et en goûter la sève pour y déceler la trace de mon père. C'est ainsi que je me voyais, lancé à la recherche de ce qu'il avait toujours appelé dans ses sermons le oui profond et secret, une idée dont je ne sus jamais s'il l'avait inventée ou tirée de ses lectures. Je fis le tour de tous les endroits où nous étions allés ensemble, mais c'est vers l'embouchure de l'étang de Tagg que me menèrent bientôt mes pas.

Les pluies de printemps transformaient en mares éphémères les profondes ornières creusées le long des chemins de portage abandonnés. L'eau y avait la couleur d'une crème de métal et montait jusqu'au tibia. Howard dut en franchir certaines à pied parce qu'elles s'étendaient parfois sur toute la largeur de la route, débordant jusque dans les bois. Ses foulées faisaient jaillir à la surface de l'eau des nuages de boue laiteuse teintée de rouille, où frétillaient des bancs entiers de têtards vert vif dérangés dans leurs frêles et rapides trajectoires. On entendait un grand pic taper du bec contre un tronc, quelque part au fond des bois, à la gauche de Howard. Il songea un moment à quitter la route pour aller le dénicher, mais se ravisa. L'échine de terre bombée au milieu du chemin était recouverte d'herbe, quand elle n'était pas noyée sous l'eau métallique. Howard suivait cet étroit sentier. La route, à l'origine, avait été plus ou moins droite, mais, une fois laissée à l'abandon, les bois l'avaient courbée au fil des ans, et creusée par tronçons entiers vers la gauche ou vers la droite, la déviant et l'encerclant en surplomb, de sorte qu'on avait l'impression, en la descendant, de passer dans un tunnel. La lumière filtrait du ciel en intensité variable. Les branches des arbres, érables, chênes et bouleaux, se penchaient les unes vers les autres en travers de la route et s'entremêlaient à en devenir quasi indistinctes, leurs feuilles enchevêtrées et semblant toutes poussées aux mêmes branches, comme si, après tant de saisons à se côtoyer, les arbres s'étaient entés les uns aux autres pour ne plus former qu'une seule et même plante produisant des feuilles d'espèces différentes. La lumière était prise au piège au-dessus de Howard, étincelante, abondante. Quelques très rares gouttes s'en distillaient pour échapper à cet entrelacs et venir se déposer sur l'herbe. À deux reprises, Howard passa à un endroit où la lumière ruisselait et s'épandait au sol – au pied d'un chêne géant infesté de parasites et, un peu plus loin, devant un immense épicéa que la foudre avait fendu en deux.

Ce qui semblait la fin de la route n'était en réalité qu'un léger virage à gauche ou à droite, ou un dévers, ou un faux plat progressif. Et la façon dont bougeaient les nuages, la plupart du temps invisibles, au-dessus de la canopée, tantôt dévoilant le plein éclat du soleil, tantôt le camouflant, parfois encore le tamisant ou le réfléchissant, et la façon dont la lumière scintillait, s'écoulait, affluait, se répandait et tourbillonnait, et la façon dont le vent la dispersait plus encore parmi les feuilles frémissantes et l'herbe frissonnante, tous ces éléments conjugués donnaient à Howard la sensation de traverser un kaléidoscope. C'était comme si ciel et sol se renversaient en cercle devant lui, tête-bêche, comme si la terre soudain basculée par-dessus le ciel faisait pleuvoir des feuilles, des brins d'herbe, des fleurs sauvages et des branches d'arbre dans l'azur avant de reprendre sa place par une nouvelle culbute et de se retrouver à son tour inondée par les nuages, la lumière, le vent et le soleil déversés par le ciel. Ciel et terre étaient tantôt là où ils devaient être, tantôt côte à côte, tantôt inversés, et tantôt rétablis de nouveau au terme d'une seule, lisse et silencieuse révolution. Certains animaux en leur inconscience folâtraient parmi cette forêt tournoyante ; oiseaux et libellules se posaient sur des brindilles pour aussitôt fuser de nouveau vers le ciel ; des renards traversaient à pas furtifs les nuages puis regagnaient le sol des bois sans marquer le moindre temps d'arrêt ; et des milliers de têtards frétillants glissaient de la voûte aquatique pour replonger au fond de leurs nids boueux. La lumière, elle aussi, se brisait telle une immense assiette, se recollait puis se diffractait de nouveau en une myriade d'esquilles, d'éclats, de lueurs de verre et de volutes moirées traçant de concert une volte paisible et feutrée et saturant tout le champ de vision de Howard, si bien que c'est le monde entier, en fin de compte, qui paraissait se dissoudre dans le néant, ses contours ne subsistant plus que par la grâce de quelques stylets de lumière colorée.

Howard arrive enfin à l'embouchure de l'étang de Tagg. Il fait une chaleur inhabituelle. Il s'accroupit pour observer les motifs de vase et de feuilles que l'eau a tressés autour des pierres dans les mares aux abords de l'embouchure. Le limon et l'eau ont formé en se mélangeant une nouvelle matière, mi-terre mi-liquide. On dirait un lit de ruisseau pétrifié. Howard enlève les bottes de son père et ses trois paires de chaussettes, puis retrousse les jambes de son pantalon. Quand il pose le pied dans l'eau, la vase cède, sol spectral laissant place à la véritable terre ferme sans guère plus de résistance que l'eau qui s'écoule par-dessus. Les jambes de Howard, en remuant, soulèvent des nuages de limon, alors il demeure immobile pendant un moment, à regarder un couple de jaseurs des cèdres attraper des insectes à la surface de l'eau puis retourner se poser toujours sur la même branche d'un buisson de genièvre poussant sur une motte herbeuse au milieu de l'étang. Les nuages de vase se délitent et le courant les emporte. Alors l'eau autour de lui redevient claire, et l'on dirait que ses jambes se terminent aux genoux. La moitié immergée de ses jambes est enfouie dans la vase, parmi les branches et les pierres cachées, qui, parce qu'elles sont invisibles, font l'effet d'autant d'ossements. Au bout d'un moment, des petites truites de ruisseau reviennent à l'endroit où il se tient, près des hautes herbes et des buissons de la rive. Des grappes d'œufs de grenouille passent devant lui, flottant sur l'eau parfois de si près qu'on aperçoit les embryons à l'intérieur. Howard tâte le lit de la rivière du bout des pieds et trouve une pierre plate suffisamment large pour s'y asseoir. Il trouve une autre pierre, à poser au creux de ses jambes pour que l'eau ne puisse le soulever. Il s'enfonce dans la vase et s'assoit sur la pierre plate. La vase est si profonde, autour de la pierre, que seule sa tête dépasse de l'eau et seul son cou dépasse de la vase. Il regarde la vase filer en spirale autour de son cou, comme si sa tête tranchée avait été jetée à l'eau et, au lieu de sang, saignait des nuages de glèbe.

C'est le milieu de l'après-midi à présent et Howard décide de rester ainsi toute la nuit, jusqu'à ce que le soleil se lève le lendemain matin. Quand les ombres commencent à s'allonger et s'étendre sur l'eau, le courant s'est régénéré autour de lui et il imagine qu'il sera maintenant capable de voir les bêtes, la lumière et l'eau telles qu'elles sont quand il n'est pas là, et qu'il trouvera là peut-être des indices quant à son père. Il me faudra rester assis, parfaitement immobile, comme un gourou, pense-t-il. Il me faudra faire abstraction des crampes et du froid. Je dois respirer très lentement et très calmement, que mon souffle ne trouble même pas l'eau qui coule devant mon menton. Je dois ne prêter aucune attention à tout ce qui pourrait me frôler dans la vase. Je ne peux pas m'endormir. Je suis voué à voir des choses effrayantes. Et si jamais je vois des lumières dans le ciel ? Et si jamais je vois des ombres bondir au sommet des arbres ? Et si jamais je vois des loups marcher sur deux pattes et s'accroupir comme des hommes pour s'abreuver au cours d'eau ? Et si jamais il y a un orage ? Et si jamais le ciel est dégagé, empli de tant d'étoiles que la lumière en inonde la terre et se transforme en fleurs blanches luminescentes le long de la rive, scintillant puis s'éclipsant sans laisser la moindre trace au moment où la planète franchit le plus profond méridien de la nuit et commence à se retourner vers le soleil ? Et si jamais je vois mon père, là, tapi dans les arbres, en train de se fredonner doucement à lui-même, heureux et paisible jusqu'au moment où il m'aperçoit assis dans la vase ?

Un peu après minuit, je vis une autre tête dépasser de l'eau, en partie obscurcie par les hautes herbes envahissant la rive, à plusieurs coudées en aval, juste avant l'endroit où l'étang se transformait en ruisseau et virait vers l'est. La lune brillait et illuminait la tête. La tête était tournée vers moi. Je tentai de distinguer ses yeux, que je savais ouverts et plantés dans les miens sans ciller, mais lorsque je les regardai, ma vision se recouvrit soudain d'un voile noir. Ce n'est qu'en orientant mon regard un peu sur leur gauche ou sur leur droite qu'ils s'éclaircissaient, ou du moins se révélaient clairement être des yeux, que j'imaginais ouverts et fixes. C'était un Indien. Il n'était pas là quand je m'étais assis dans l'eau. Je ne l'avais pas vu arriver, alors que nous nous faisions face. Je savais, je ne saurais dire comment, que je ne pouvais pas bouger, qu'il arriverait quelque chose de terrible si je bougeais. Je me mis à regretter d'être parti chercher des reliques de mon père, à saisir l'imbécillité de cette quête. Il me sembla alors que mon père avait été un homme doté d'une foi solide et véritable et que je n'étais, moi, qu'un enfant imbécile, seul et malheureux. La nuit passa et l'Indien ne bougea pas, sauf une fois, lorsqu'une petite truite sauta hors de l'eau et glissa dans son gosier.

Je me dis que l'Indien devait être le vieux Sabbatis. Sabbatis avait grandi sur une île du lac avant de s'installer avec Red dans sa cabane. Il travaillait comme guide de chasse et de pêche. Il portait d'ordinaire une chemise et un pantalon de flanelle, des bretelles blanches et un chapeau mou à large bord. La seule composante traditionnelle de son accoutrement était ses mocassins, qu'il fabriquait lui-même. Certains randonneurs étaient manifestement déçus la première fois qu'ils le voyaient, s'étant manifestement bercés d'images plus exotiques quand ils fantasmaient à l'idée de courir les bois sous l'escorte d'un Indien. Une fois par an, toutefois, Sabbatis revêtait une vieille coiffe, des jambières en peau de daim et un veston brodé de perles, le tout acheté et conservé à son intention par J. T. Saunders, et d'assez bonne grâce, trouvions-nous, il jouait le rôle d'un chef indien sur le stand de Saunders lors de la Convention sportive de Boston.

Mais la tête sur l'eau ne ressemblait pas à celle de Sabbatis. Elle en avait certes l'immobilité. J'avais maintes fois entendu parler de randonneurs qui, l'ayant laissé au campement, tôt le matin, après qu'il leur avait fait le petit déjeuner, assis dans une certaine position, tourné dans une certaine direction, l'avaient retrouvé à leur retour, plusieurs heures plus tard, exactement au même endroit. Il se levait toujours, cependant, dès que les hommes revenaient, prenait le poisson ou le petit gibier qu'ils avaient pu attraper et se mettait à préparer le déjeuner en faisant remarquer sur le ton de la plaisanterie que tous les gros poissons avaient dû se cacher à l'approche des visages pâles. Mais cette immobilité-ci était différente. Elle paraissait terrible, quasi inhumaine. Quand la bouche s'ouvrit, presque avant même que le poisson ne crève la surface de l'onde, elle s'arrondit en un trou, dans lequel l'eau noire s'engouffra doucement. Quoique la tête fût assez éloignée, je fus certain d'avoir entendu l'écho du gargouillis de l'eau au fond de sa gorge juste avant que le poisson ne surgisse. Et lorsque le poisson surgit, cela ne ressembla en rien au jaillissement normal d'un poisson gobant une mouche ; le poisson, lui-même improbable, impossible, invisible, son existence avérée par rien d'autre que l'eau dont il avait émergé, sauta directement au fond de la gorge de l'Indien. Il ne se débattit pas. Il ne fit pas fouetter sa queue contre les dents, ni ne se soucia de la langue, qu'il aurait pu prendre pour un autre poisson. Il plongea simplement tout droit dans la gorge béante, et la bouche se referma derrière lui si rapidement que cet épisode tout entier sembla aussitôt ne s'être jamais produit autrement que dans mon imagination. Plus exactement, il sembla ne pas se produire du tout, mais plutôt, soudain, s'être déjà produit.

Le visage de l'Indien redevint comme avant.

Puis ce visage devint le mien. L'espace d'un instant, le visage de l'Indien se tourna vers moi et c'est moi-même que je vis alors, comme dans un miroir. Je discernai les tout premiers rayons de l'aube dans la cime des arbres. Il y eut une soudaine bourrasque et je me sentis tout à coup si perclus de douleurs et de froid que je me crus sur le point de m'évanouir. La tête sur l'eau n'était plus là. Je n'avais pas pu détourner les yeux plus d'une fraction de seconde, pas assez longtemps en tout cas pour que l'Indien ait eu le temps de s'extraire de l'eau et de disparaître dans les bois. Rien, du reste, ne troublait l'eau ; rien ne laissait penser qu'un corps y fût entré ou en fût sorti. Mon désarroi face à la disparition de la tête est la dernière chose dont je me souvins en me réveillant allongé sur un brancard en toile de jute et évacué des bois par Ed Titcomb et Rafe Sanders, qui chassaient dans les parages et m'avaient trouvé sur leur chemin, inanimé et à moitié enfoncé dans l'eau sur la rive de l'étang. La toile de jute sentait les entrailles de poisson, la cigarette froide et la vieille pluie. Faut croire qu'il est pas mort, dit Rafe en me voyant ouvrir les yeux. Il me tenait par les épaules, Ed par les pieds. Pourtant y devrait, dit Ed sans se retourner. Le visage de Rafe était juste au-dessus du mien, et je le voyais, en même temps que les arbres derrière lui, se balancer en cadence à chacune de leurs enjambées. Ils avançaient d'un pas rapide mais malaisé, et je suis certain qu'ils auraient préféré me porter ligoté par les poignets et les chevilles à une longue perche en bois de bouleau, comme les ours qu'ils abattaient. Rafe fumait une cigarette, comme d'habitude. Pas sûr qu'y tienne, dit-il. Le cylindre de cendres qui pendouillait à l'extrémité de sa cigarette explosa comme un feu d'artifice de confettis lorsqu'il prononça le *s* de sûr et s'éparpilla dans mes cheveux et sur mon visage. Je regardai devant moi et vis le dos voûté d'Ed, vêtu de sa chemise en flanelle rouge. Les boucles noires de ses cheveux étaient dissimulées sous son chapeau mais sa tête était penchée en avant et l'on apercevait sa nuque pâle. Je me dis : Il doit sans doute être en train de chiquer son tabac aussi, et juste avant de perdre de nouveau connaissance, je vis un jet de jus couleur thé gicler de son visage invisible vers les broussailles en bordure du chemin.

Je me souviens que mon père avait un canoë d'écorce de bouleau quand j'étais petit. Il avait été fabriqué par des Indiens, à qui mon père l'avait acheté. Chaque printemps, à la fonte des glaces, l'un des Indiens surgissait des bois un matin et réparait le canoë pour la saison. Je ne vis jamais mon père parler avec l'Indien et je ne sais pas comment il était payé, ou rétribué, ni en quelle monnaie. Après avoir recousu des accrocs et inséré de nouveaux morceaux d'écorce aux endroits nécessaires, l'Indien disparaissait simplement dans les bois. Je me souviens m'être souvent accroupi dans l'herbe, à bonne distance, essayant d'en apprendre le plus possible en regardant l'Indien travailler, et même si je n'en retenais rien en fin de compte, c'était quelque chose que je me sentais obligé de faire, comme si tout l'enseignement que j'en tirais consistait en ce seul effort d'attention. Ayant détourné les yeux un instant pour observer le premier rouge-gorge du printemps, je dirigeais de nouveau mon regard vers le canoë et l'Indien entre-temps s'était volatilisé sans un bruit, sans avoir même, semblait-il, esquissé le moindre mouvement, mais comme s'il avait été réincorporé, plutôt, non seulement aux arbres et aux racines, à la pierre et au feuillage, mais à la lumière, à l'ombre, à la saison et au temps lui-même.

C'est peut-être le vieux Sabbatis qui réparait le canoë de mon père, chaque printemps, peu après que la glace s'était en allée de la surface des étangs et des lacs. Il me paraissait aussi vieux que la lumière et tout aussi diffus. Je pensais à lui quand le ciel s'emplissait de trames de nuages noirs, dont la silhouette se découpait dans le soleil et qui étaient piquetés du bleu le plus clair et le plus immaculé qui se puisse imaginer. Chaque fois que les feuilles dorées, rouges et brunes balaient les chemins et s'enroulent dans les vrilles du vent, on dirait que c'est son époque tout entière qui passe. Chaque fois que de nouveaux bourgeons illuminent les branches noires et mouillées, ils paraissent éclore d'une autre partie du temps, celle de Sabbatis et d'hommes tels que mon père. Bien sûr, Sabbatis n'est ancestral qu'à mes yeux. Mon père est ancestral, lui aussi, parce que tous deux étaient des hommes qui quittèrent cette vie alors que j'étais encore jeune. Mes souvenirs d'eux sont des atmosphères. On évoquait le vieux Sabbatis pour faire peur aux enfants ou pour expliquer les caprices du temps. Parfois, on l'avait aperçu perché dans les arbres. Parfois, sur le lac, certains l'avaient vu foncer au fond de l'eau, sous leurs bateaux, à la poursuite des saumons. Le vieux Red était connu pour ne jamais parler de Sabbatis. Les hommes qui l'engageaient comme guide l'interrogeaient régulièrement à son propos, et Red, pour toute réponse, disait que Sabbatis était parti. Même les plus vieux, qui jadis avaient eu Sabbatis lui-même pour guide, avant cette année-là, donc, 1896 ou 1897 – personne n'était du même avis sur ce point ; on s'accordait simplement à considérer que, désormais, c'était Red qui servait de guide lors des parties de chasse ou de pêche –, même eux ne parlaient pas de lui, et leur silence ancrait plus profondément encore cette impression d'une ère quasi préhistorique, où la chasse devait être une activité bien plus dangereuse et brutale, et d'autant plus quand elle était orchestrée par un Indien demeuré à moitié sauvage, qui était assez âgé pour se rappeler les récits rapportés par son propre grand-père de traques menées non contre des ours ou des cerfs mais contre des hommes, et qui, pour cette raison même, était surveillé de près et tenu à l'écart des provisions de whisky et de bourbon lors de chaque expédition, de peur que l'eau-de-feu ne fasse resurgir quelque démon atavique. Aucun de ces vieux visages pâles ne doutait un seul instant que l'Indien fût capable de massacrer un groupe de huit ou dix hommes armés s'il avait pu s'abreuver à la science barbare de ses aïeux. Et, à en juger par leurs témoignages, tels que je les avais entendus lorsque j'étais enfant, aucun d'entre eux ne le croyait un seul instant en effet susceptible de les scalper tous ensemble pendant leur sommeil ou l'un après l'autre quand ils étaient dispersés dans les bois lors de la chasse, quoique aucun d'entre eux ne se formalisât non plus du fait que plus ils soulignaient le naturel pacifique de Sabbatis, plus les gens semblaient persuadés que ces hommes avaient en quelque sorte résolu de coucher sous la même tente que le diable en personne, et que dormir et chasser sous sa gouverne pendant des semaines entières en pleine nature, puis revenir chez eux ensuite, sains et saufs, et reprendre leurs vies de banquiers, d'avocats et de directeurs d'usine, était un signe de leur foi réelle et profonde et de leur force de caractère presque héroïque, et eux-mêmes en venaient à faire figure d'hommes dressés à califourchon entre le monde ancien du feu et des flots et le nouveau monde des quotas de production et des Bourses de commerce.

Bien entendu, Sabbatis était un homme comme un autre. Tout le monde savait qu'il aimait regarder les photos, n'importe lesquelles pourvu que les gens aient envie de les lui montrer, quoiqu'il refusât toujours qu'on prenne la sienne, à moins, bizarrement, que ce ne fût en compagnie d'un bébé. Il existe plusieurs photos de lui, debout devant l'étal de l'épicerie Titcomb ou sur le porche du North Carry Hotel (où il travailla pendant de nombreux étés, à couper du bois), tenant un enfant dans le creux de ses bras. C'étaient les seules occasions où l'on eût jamais vu Sabbatis sourire. Il avait aussi un faible pour les caramels salés, qu'il acceptait souvent pour partie de sa rémunération en échange de ses services auprès des randonneurs descendus de Boston. Il n'avait pas de dents et se contentait de glisser un morceau de caramel entre ses gencives et sa joue pour le laisser fondre. Il vivait avec Red, qui s'appelait Petit Red à l'époque, dans une cabane en lisière de la ville, juste derrière le terrain où l'on était en train de percer Gooding Street et de bâtir des résidences pour les nouveaux directeurs d'usine, embauchés à l'avance en prévision de l'augmentation d'activité qui ne manquerait pas de se produire dès que le train passerait par West Cove. Nul ne savait si Sabbatis et Red avaient des liens de sang. Certains vieux bibliothécaires, qui connaissaient un peu l'histoire de la ville, pensaient qu'ils étaient peut-être cousins éloignés, et se laissaient volontiers entraîner dans des débats houleux à ce sujet pendant les longues soirées d'hiver au guichet des retraits de la bibliothèque. Peut-être, tout simplement, Sabbatis et Red vivaient-ils ensemble parce qu'il était préférable à leurs yeux de vivre avec un Indien, fût-il le plus étrange, plutôt qu'avec un visage pâle, fût-il le plus bienveillant. On les voyait rarement ensemble en dehors de leur propriété, et jamais personne ne les entendit se parler. Petit Red ne devint le vieux Red que lorsque Sabbatis mourut, ou disparut, selon. À l'automne cette année-là – 1896 pour les uns, 1897 d'après les autres –, des hommes se présentèrent à la cabane pour organiser les parties de chasse de la saison, et Sabbatis n'était pas là. Red dit : Il est parti, et ce fut tout. Red parut comprendre qu'ils fussent déçus – de ce qu'il y eût chez lui quelque chose de moins sauvage, de plus domestiqué que chez son prédécesseur. Alors, le vieux Red emmena ces hommes en expédition, et il s'acquitta de sa tâche aussi bien que Sabbatis en son temps, sans pourtant aucune formation ni aucune expérience, semble-t-il. En devenant le vieux Red, il parut délaisser l'homme particulier qu'il avait été pour devenir l'incarnation de quelque chose d'éternel, d'une chose en soi hors du temps et dont l'existence sous la forme de tel ou tel individu n'était qu'un pur effet des circonstances.

Ed et Rafe n'auraient manqué pour rien au monde une bonne journée de chasse, peut-être parce que la survie de leurs familles en dépendait, et ils avaient dû décider que ma vie n'était pas en péril, car ils m'abandonnèrent à la jonction de deux chemins de portage, par où, savaient-ils, passerait une équipe de bûcherons au cours de la matinée. Je dus finir par me réveiller et repartir errer dans les bois. C'est alors, je crois, que j'eus ma première crise d'épilepsie. Lorsque je repris de nouveau connaissance, je demeurai quelque temps confus et ne rentrai pas chez moi avant la tombée du jour. J'étais trempé et frigorifié. Mes cheveux se craquelaient de sang séché, dont les traces me striaient aussi le visage jusqu'à la commissure des lèvres, en travers de la mâchoire et jusque dans les oreilles, où il s'était aggloméré en un caillot poisseux. Alors que j'entendais ma propre respiration haletante en retraçant mon chemin dans la nuit, je crus que j'étais devenu sourd, parce que j'étais incapable d'entendre aucun bruit extérieur à moi-même, le vent par exemple, ou mes propres pas. Ma langue, que j'avais failli arracher en me mordant, était si enflée que je n'arrivais pas à fermer complètement la bouche.

Rentrant par le vestibule à l'arrière de la maison, je vis ma mère assise à la table de la cuisine, en train de raccommoder l'une de mes paires de chaussettes. Elle me dit quelque chose sans lever les yeux ni même remuer les lèvres. C'est ainsi qu'elle s'adressait toujours à moi. Elle n'avait pas besoin de hausser la voix, ou de me regarder dans les yeux, ou de prononcer mon nom, du reste, pour avoir toute mon attention. Nous partions tout bonnement du principe, l'un comme l'autre, que j'écouterais toujours ce qu'elle me disait.

Je lui répondis en criant : J'ai eu un malaise et je suis devenu sourd !

Elle posa son aiguille et son fil, vint vers moi, me prit par la main, et m'amena jusqu'à la table. Elle me fit asseoir, puis alla dehors tremper une serviette à la pompe. Je sentis l'odeur du savon qu'elle utilisait, et le bois brûlant dans le poêle, et les vagues effluves de poulet, de beurre et de pain qui embaumaient la cuisine, alors qu'elle n'avait pas préparé à dîner.

D'abord, elle nettoya mes oreilles incrustées de sang. Les bruits du monde m'entrèrent dans le crâne en sifflant, plus sonores qu'ils ne l'avaient jamais été dans mon souvenir.

Dis donc, te voilà dans un drôle d'état, dit-elle.

Je suis allé chercher papa.

Puis elle nettoya le sang sur mon visage et dans mes cheveux. Elle frottait si fort que la peau me cuisait, et elle tirait sur mes cheveux à croire qu'elle allait me les arracher de la tête. Elle pleurait en me débarbouillant. Elle ne sanglotait pas, mais mettait sans doute pour étouffer son chagrin tant de vigueur à me décrotter que je finis par pousser un cri de douleur, et alors elle se calma. Elle prit mon visage entre ses mains, qui étaient froides, rêches et calleuses, et me dit d'ouvrir la bouche.

Tu ne dois plus parler pendant une semaine.

Je me mis à expliquer : Non, je suis allé chercher les dents de papa dans le bois des arbres et ses cheveux dans les herbes des broussailles et… Mais elle resserra sa main autour de ma bouche et dit : Arrête. Sept jours. Ta langue tombera si tu prononces un mot de plus. Peut-être avait-elle raison – que pouvais-je bien en savoir ? J'avais la sensation que ma langue était fendue à l'intérieur de ma bouche, bizarre, mutilée. Je n'osai pas y jeter un coup d'œil dans la glace.

Ce soir-là fut le premier que nous passâmes ensemble, ma mère et moi, dans la cuisine, sans mon père, elle à son fourneau la plupart du temps, en train de préparer à manger, ou assise sur la chaise droite près du poêle à bois, à raccommoder nos vêtements. Le dimanche soir, elle repassait les draps et les rideaux tandis que je faisais mes devoirs dans les sifflements de vapeur et les odeurs d'amidon brûlant. Longtemps après que ma langue eut guéri, m'autorisant à parler de nouveau, ma mère et moi demeurâmes silencieux.

Ce premier soir-là, cependant, elle prépara du bouillon, qu'elle me fit ingurgiter à l'aide d'une pipette à marinade en étain, qu'elle inséra par un coin de ma bouche et enfonça presque jusqu'au fond de ma gorge, afin qu'elle ne touche pas ma langue, tel un oisillon nourri par sa mère. Le bouillon était très chaud et très salé, et glissa ainsi, bouillant, au fond de mon estomac. Parvenue là, à l'intérieur de moi, sa chaleur se diffusa à tout mon corps jusqu'à ce que je sois entièrement réchauffé. Ma mère fut très patiente. L'opération dura près d'une heure. Je n'en conserve que le souvenir de la substitution progressive du froid et de la douleur par la chaleur et l'épuisement. La forêt avait presque étouffé en moi cet infime germe de chaleur alloué à tout un chacun, et je saisis alors combien il était ténu, combien il était fragile, au point de mériter à peine le nom de chaleur, tant il était infinitésimal et sa source ténue, quelle qu'elle fût, et combien il était semblable à mon père évanescent ou à notre maison quand, vue de l'autre côté de l'eau, elle frémissait un instant puis disparaissait en un clignement.

4

Durant la journée, George percevait tout un attroupement dans la pièce, des murmures et des va-et-vient, comme un ressac. La nuit, en revanche, quand il se réveillait, il n'y avait jamais et en permanence qu'une seule personne, assise sur le canapé à côté de son lit, lisant à la faible lumière d'une petite lampe en étain posée sur le secrétaire à cylindre à l'autre extrémité du canapé. Cette personne lui était toujours familière, mais il ne savait jamais très bien de qui il s'agissait – si c'était un homme ou une femme, un parent ou un ami. C'était comme si, chaque fois qu'il essayait de rassembler ses esprits et de se concentrer sur l'individu en question – ses cheveux, ses yeux, ses pommettes, son nez – afin de se rappeler son nom, ce dernier se repliait dans les marges de son champ de vision, alors qu'en réalité il n'avait pas bougé et demeurait installé bien en face de lui.

La première nuit où il aperçut cet étranger bienveillant, il demanda : Qui êtes-vous ? Et l'individu, levant les yeux de son livre, sourit et dit : Tu es réveillé. Il demanda : Quelle heure est-il ? L'individu répondit : Il est très tard. Cet échange sembla se dérouler sans que lui-même ni cet individu aient prononcé le moindre mot. George était incapable de savoir si c'était à cause des médicaments ou de sa distraction naturelle, ou si, de fait, lui-même et cet individu étaient bel et bien en train de communiquer. Il lui sembla même que, lorsqu'il se posa cette question, l'individu répondit : Tu es là, en train de parler avec moi. Je t'entends aussi nettement qu'un carillon.

George essaya de distinguer précisément l'individu en déportant un instant son regard vers la nature morte accrochée à l'autre bout de la pièce puis en le ramenant vers son interlocuteur, s'efforçant au prix d'une intense concentration de le regarder droit dans les yeux. Mais alors, l'individu lui parut aussi inconsistant qu'un feu follet, parut non pas être assis sur le canapé mais flotter en apesanteur au-dessus des coussins et, chaque fois qu'on essayait de l'accrocher du regard, s'y dérober en fusant à droite ou à gauche, en haut ou en bas, sans paraître y appliquer le moindre effort conscient, comme si cette esquive était un réflexe, une sorte de mécanisme de défense naturel, si bien que, au lieu de s'offrir directement aux regards, il ou elle ne se dévoilait que par visions fugitives, papillonnant sur une toile de fond composée de rideaux, d'une lampe, d'un bureau et d'un canapé.

L'individu en question était jeune – pas un enfant, ni même un adolescent, mais bien loin des quatre-vingts années de George, du moins en apparence ; il émanait de lui l'impression qu'il était vieux de plusieurs centaines d'années, mais comme condensées : cet individu était riche de centaines d'années, mais qui se chevauchaient les unes les autres, comme s'il évoluait simultanément dans un nombre indéterminé d'époques diverses.

J'étais en train de songer, dit l'individu d'une voix cristalline, j'étais en train de songer que mon âge n'est peut-être pas très avancé mais que je contiens un siècle entier. Je crois que j'ai l'âge que j'ai mais qu'un orbe d'années m'entoure. Je crois que ces années de jours, ce presque siècle d'années, sont un don que tu me fais. Merci. Et à présent, si tu veux bien, je vais te lire quelque chose pour t'aider à te rendormir.

> *Cometa Borealis :* Nous avons pénétré dans l'atmosphère au crépuscule, laissant derrière nous une traîne de feu. Nous étions une traîne étincelante de feu blanc dévalant au-dessus des troupeaux qui paissaient dans les plaines alluviales. Les plaines pourpres : steppe et plateau, roches clastiques d'un fleuve disparu dispersées dans le lit d'un océan disparu. Peut-être, très loin de là, une révolution avait-elle lieu – la prise d'un fort laissé à l'abandon dans la courbe d'un fleuve distant et brumeux en son linceul de forêts. Mais ici seuls des caribous au manteau de lourde laine levaient leur tête hirsute, leurs ramures velourées, sans même interrompre leur ruminement tandis que nous traversions en comète silencieuse le ciel froid, suivis par leurs humides yeux noirs mais pour la seule raison que telle est la nature des yeux et de la lumière. Les plaines étaient balayées de vent. Nous n'avons jamais vu les caribous ni la révolution. Nous étions une mèche enflammée. C'est à peine si nous eûmes le temps d'entrapercevoir le monde englouti par les ténèbres en dessous de nous avant de nous consumer jusqu'au néant.

Soixante-douze heures avant que George ne meure, Nikki Bocheki, une vieille connaissance de l'Église unitarienne, débarqua dans une Alfa Romeo rouge décapotable et un tourbillon de foulards. Elle enleva ses grosses lunettes de soleil et embrassa la femme de George sur chaque joue. Quand elle vit George dans son lit, elle dit : Oh, George, mon tout beau ! Elle l'embrassa sur le front, où sa bouche laissa une pâle empreinte de rouge à lèvres. George ne la reconnut pas mais lui adressa une grimace grotesque, comme un personnage de dessin animé. Et qui est cette charmante dame ? dit-il, et c'était exactement la chose à dire, même s'il l'avait dite non seulement pour être aimable mais parce que, de fait, il n'en savait rien. Nikki posa la main sur son épaule, le traita d'incorrigible gentleman, et rougit.

Nikki était une dame âgée qui s'habillait comme une ancienne starlette vieillissante dans son rôle le plus pathétique, et le dernier de sa carrière, celui de l'ancienne starlette vieillissante luttant vaillamment contre la tyrannie du temps. Elle était, en réalité, infirmière. Après avoir fait un brin de conversation avec George (qui à aucun moment ne se rappela qui elle était) et sa femme, elle fit déguerpir de la pièce la famille épuisée. J'ai trois heures à tuer avant ma prochaine garde, et je n'imagine pas de plus agréable façon de les dépenser qu'en m'occupant de ce petit bout de chou. Pourrais-je vous demander un rasoir, une serviette et un peu d'eau chaude ? Ça ne va pas du tout, il faut que George soit correctement rasé ; il a toujours été si élégant. Si soigné.

Lorsque la famille revint, deux heures plus tard, après avoir fait la sieste, fumé en cachette et s'être querellée à voix basse dans le jardin, Nikki était assise à côté de George, plongée dans un magazine de papier glacé appelé *Résidences de luxe internationales* et mâchant une tablette de chewing-gum sans sucre. George dormait, allongé sous un drap blanc d'où seule dépassait sa tête. Il avait le visage propre et lisse, les cheveux égalisés et peignés. Il portait ses lunettes. Il avait l'air d'un homme qui s'est assoupi dans le fauteuil de son barbier. Lorsque la famille la complimenta pour son travail, Nikki répondit : Oh, oui, oui, ma foi, vous savez, l'apparence, c'est tout ce qu'on a.

L'échappement d'une horloge consiste en une bâte montée sur un pignon, appelé palette, et une roue d'échappement, située au sommet des rouages de l'horloge. Il est placé à l'extrémité du rouage de finissage. Le rouage de finissage est la partie de l'horloge qui bat le temps. Si l'horloge possède des carillons, elle est en outre équipée d'un rouage de sonnerie. Le rouage de sonnerie entraîne et régule le mécanisme de sonnerie de l'horloge, lequel consiste le plus simplement du monde en une palette d'entraînement, un maillet, ainsi qu'une bobine d'acier qui, lorsque le maillet vient la heurter, émet un carillon. Chacun de ces rouages est activé par un ressort. Le ressort, ou ressort principal, est un long ruban d'acier aplati en forme de spirale. Le ressort est fixé par l'extrémité la plus intérieure de la spirale à un arbre. On fait tourner cet arbre au moyen d'une clé afin de remonter l'horloge ; autrement dit, afin de remonter le ressort. Une roue à cliquet et un rochet empêchent le ressort de se disloquer durant le remontage. Dans les horloges les plus récentes, il est logé dans un tambour en laiton appelé barillet à ressort. Le ressort principal se détend alors et l'énergie ainsi libérée est transmise à toute une série de roues et de pignons, grâce auxquels les aiguilles des minutes et des heures se meuvent autour du cadran de l'horloge. C'est à l'extrémité de ce rouage qu'est situé l'échappement. C'est là que l'énergie générée par le ressort principal s'échappe enfin de l'horloge. C'est par là également qu'est assurée la régularité du battement de l'horloge ; ainsi en revenons-nous à la palette et à la roue d'échappement. L'énergie passe par la roue d'échappement, laquelle, étant située à l'extrémité du rouage de finissage, est la roue la plus fine, la plus élégante et la plus sensible. Elle enjoint à l'énergie, dont les rouages successifs ont domestiqué la sauvagerie initiale pour en faire la servante la plus civilisée, d'accomplir une tâche rare entre toutes ; à savoir, coopérer avec la palette afin de marquer très précisément chacune des 86 400 secondes que compte chacune de nos journées terrestres, et ce, en outre, pendant huit jours consécutifs, soit un décompte de 691 200 secondes au total, ou 192 heures. Cette œuvre de coopération, et chacune de ces centaines de milliers de secondes, s'offre à la contemplation de notre ouïe sous la forme apaisante, réconfortante, du tic-tac que par les nuits d'hiver fait résonner une pendule de table posée sur le manteau de cheminée au-dessus du feu rougeoyant. Si nous convoquions, à travers les siècles, tous les Huygens, Graham, Harrison, Tompion, Debaufre, Mudge, LeRoy et autres Kendall, ou encore, plus récemment, M. Arnold, c'est une troupe humble et disparate, quoique unie par une même patience et détermination, d'âmes sensées que nous verrions défiler, toutes penchées à leur établi, à limer leurs pièces de laiton, calibrer leurs rouages et coucher sur le papier leurs esquisses jusqu'à ce que de leur plume ne demeure qu'une poudre de plomb s'effritant entre leurs doigts, afin qu'avec toujours plus de perfection soit trans*formée* et trans*latée* l'Énergie Universelle grâce au perfectionnement du battement de la roue d'échappement. Écoute, horloger, les noms de leurs inventions : verge, seconde morte, tic-tac, pendule à gril, sauterelle, ancre à râteau, gravité, détente, chevilles. Tels nos plus grands bardes, ces âmes viriles et sensibles qui parcourent les collines et les bois, observent les moutons paissant parmi les ruines antiques, pour y trouver la rime et le mètre – trouver, en somme, la musique des vers les plus doux –, ainsi nos plus glorieux horlogers savent-ils eux aussi trouver la poésie là où elle réside, dans l'acharnement des hommes à dompter la nature impétueuse pour en distiller la civilisation. Bienvenue, mon ami, bienvenue !

Extrait du *Petit Horloger raisonné*,
du Rév. Kenner Davenport, 1783

La famille et les amis proches ne frappaient jamais à la porte avant de pénétrer dans la maison de George, et ils entraient toujours par l'arrière, en passant par la véranda trois-saisons et la cuisine. George était toujours soit au sous-sol en train de réparer ses horloges, soit en train de faire la sieste sur le canapé du salon (l'avant-bras posé sur la tête, ses lunettes sur la table basse), ou encore, si c'était l'heure du déjeuner, assis à la table de la cuisine, en train de lire le *Wall Street Journal* et de reprocher à sa femme de mettre trop longtemps à préparer le déjeuner, à quoi celle-ci répondait : Oh, tais-toi donc et prépare-le toi-même si tu es si pressé. Ils s'asticotaient souvent de la sorte. George se plaignait de la cuisine de sa femme (qui était excellente) ou de son linge (qu'elle ne se contentait pas de laver mais repassait jusqu'au dernier vêtement, y compris ses maillots de corps et ses caleçons), et elle lui rétorquait sèchement qu'il pouvait aller se faire voir s'il n'était pas content et qu'elle partait s'acheter des chaussures. Alors ils éclataient de rire. Ainsi la maison sentait-elle en permanence l'amidon, le détergent, le poulet rôti, l'huile de lin et le laiton. Les visiteurs qui faisaient irruption dans le salon et réveillaient George de son petit roupillon ne le surprenaient jamais. (Même la nuit, même lorsqu'il ronflait à en faire trembler les murs, le plus infime chuchotement suffisait à le réveiller complètement.)

Les clients qui venaient déposer ou récupérer une horloge entraient par la porte principale, située dans un petit vestibule qui donnait sur le salon. À l'époque où George fut frappé par la maladie qui devait l'emporter, sa femme s'était depuis longtemps lassée de voir ses journées constamment interrompues par ce défilé d'inconnus chargés d'une pendule de cheminée en marbre noir dans une boîte en carton, une vieille horloge murale en noyer sous le bras, ou une horloge comtoise délabrée, ficelée à un diable qu'on entendait rouler dans l'allée. Elle était également fatiguée de la façon qu'avait George de parler avec ses clients, ce mélange de badinerie familière et bonhomme et de complicité contrite. Mais elle n'était jamais si mal à l'aise qu'au moment où les clients sortaient leur chéquier et demandaient combien ils devaient. Ils paraissaient toujours surpris, voire fâchés, par les tarifs. Quand il n'attendait la visite d'aucun client, ou de très peu, George passait souvent la journée à sillonner les routes du North Shore et de Cape Ann, pour aller encaisser les chèques directement dans les banques où ils avaient été émis, afin de ne déposer sur son propre compte que des espèces. Il avait aussi ouvert des coffres, dans six banques différentes, qu'il remplissait méticuleusement à coups de billets de cent dollars. À sa mort, il y avait ces six coffres d'argent liquide, un autre coffre plein de bons du Trésor, trois comptes courants, deux comptes d'épargne, et sept certificats de dépôt, le tout disséminé dans huit banques au total. George se rendait régulièrement dans chacune d'entre elles pour se rassurer sur les taux de capitalisation, les intérêts composés et ses liasses de billets soigneusement baguées.

George rendait visite avec une assiduité particulière à Edward Billings, directeur de la succursale de la banque Salem Five à Enon. Edward dépassait George d'une bonne tête, évoquant une grosse poire olympienne fagotée d'un costume trois pièces. Sa tête elle-même paraissait immense et allongée. Elle se terminait par un dôme tout à fait chauve, sur lequel les néons de la banque se reflétaient avec une telle netteté qu'on eût dit que la lumière provenait de l'intérieur même de ce crâne. Le bandeau de cheveux qui lui cerclait la tête était teint avec grand soin, et quand il n'avait pas les mains appuyées l'une contre l'autre par le bout des doigts, comme en un geste de prière ou d'exhortation, il les lissait le long de sa nuque avec l'extrémité de son majeur. Les deux hommes faisaient songer à un duo comique ce matin-là, un mardi de janvier, debout côte à côte derrière le bureau d'Edward au fond de la banque, en train d'examiner l'imposant régulateur viennois accroché au mur. George entretenait l'horloge pour Edward (aux frais de la banque, bien entendu), et ils contemplaient ensemble le pendule immobile tout en parlant.

Ce fichu bidule s'est tout bonnement arrêté, monsieur Crosby, dit Edward.

George dit : Sacrément délicates, ces petites saloperies. Fort de ses années d'expérience, George vit que l'horloge avait été déséquilibrée à force de frôlements par l'énorme banquier quand celui-ci se glissait derrière son bureau ou s'en extrayait, et que le pendule, en conséquence, ralentissait sa course puis s'arrêtait systématiquement dix minutes après qu'on l'eut remonté. Le téléphone d'Edward sonna et il s'excusa pour aller répondre. Il parla en baissant la tête, tournant le dos à George. Tandis qu'il promettait à un certain M. White que oui, sans faute, il aurait ses relevés d'ici à la fin de la semaine, George remit d'aplomb l'horloge sur le crochet auquel elle était suspendue. Edward se retourna vers George et hocha la tête en levant l'index, tout en disant dans le combiné : Oui, oui, tout à fait, vendredi au plus tard, samedi dernier carat, si la succursale de Lynn n'arrive pas à accélérer les choses. George lui rendit son hochement de tête et articula en silence : Je vais chercher quelque chose dans ma voiture.

George revint avec un escabeau et une musette de pêcheur pleine d'outils. Il installa l'escabeau devant l'horloge, ouvrit le grand panneau de verre, monta sur l'escabeau, et leva les yeux vers l'intérieur de l'horloge. Il poussa des grognements, des jurons, et descendit de son escabeau à trois reprises pour changer d'outils, tout en pensant à ses enfants et à ses petits-enfants, à leurs garde-robes d'hiver et à leurs nouvelles toitures, à leurs boîtes de transmission défaillantes et à leurs couples battant de l'aile, à leurs cinquièmes années de fac dans le privé. Au bout d'une demi-heure, il s'écria enfin : Ah, ah, je te tiens, espèce de satanée petite... Et il redescendit de l'escabeau en se tamponnant le front avec un mouchoir. Edward remplit un bordereau jaune et préleva trois billets de cent dollars dans l'un des tiroirs-caisses, que George rendit aussitôt à la guichetière, une femme d'un certain âge, prénommée

Eddie, qui travaillait à la banque depuis qu'elle avait ouvert en 1961, en lui disant : Si vous voulez bien mettre ça dans ma petite boîte grise là-bas, ma jolie, avec les autres. Comment ai-je pu deviner que c'était exactement ce que vous alliez me dire, monsieur Crosby ? dit-elle en riant et en faisant éclater sa bulle de chewing-gum. Elle prit les billets, s'humecta le pouce et les fit claquer l'un après l'autre deux fois de suite, en comptant à voix haute : Un, deux, trois, un, deux, *trois*, puis disparut à petits pas pressés du côté de la salle des coffres. À cet instant, la banque, toute d'ordre et de silence, bercée par le discret gargouillis d'une musique insipide diffusée par les haut-parleurs au plafond, parut à George baignée d'une lumière dorée.

Le papier peint de l'atelier de George au sous-sol était orné d'un motif de branches de mélèze sur fond brun. Des horloges à divers stades de réparation et de délabrement étaient alignées contre les murs, certaines fonctionnant, d'autres pas, certaines dans leur boîtier, d'autres réduites à leur plus simple appareil de rouages d'étain armés de leur paire d'aiguilles. Coucous, régulateurs viennois, pendules murales et vieilles horloges de gare étaient suspendus à différents niveaux. Il y avait souvent pas moins de vingt-cinq ou trente horloges ainsi accrochées aux murs. Certaines étaient des horloges qu'il comptait vendre. Aucune n'était étiquetée. Le placard à gauche de son bureau était en planche de pin brut et occupait tout l'espace sous l'escalier. Entre ces planches, le papier peint arborisé, le bois des horloges, et le fait qu'il n'y eût en guise de fenêtres que deux petits puits secs tout en haut du mur, sous le plafond, on avait l'impression de se trouver dans une espèce d'étrange boyau bourdonnant. George s'installait à son bureau à toute heure de la journée et chaussait ses doubles foyers, auxquels il rajoutait souvent une ou deux lentilles d'un jeu de loupes de bijoutier ajustables, pour scruter les entrailles de laiton des horloges, tirant et triturant rouages, arbres et rochets tout en fredonnant des mélodies inexistantes qui se volatilisaient à l'instant où il les composait sans même s'en apercevoir. C'est ainsi que, plus d'une fois, il faillit rendre fou l'un ou l'autre de ses remuants petits-enfants, en les obligeant à rester assis sur une chaise rigide pour le regarder trifouiller et marmonner, semblait-il, en pure perte. Y a que ça de vrai, fiston. Crois-moi, si tu veux *vraiment* t'en mettre plein les poches, c'est comme ça qu'il faut s'y prendre. Il n'y avait pas grand-chose à faire à part essayer de reconnaître des bribes de chansons par-ci par-là dans ses fredonnements, ce dont pas un des enfants n'était capable, et écouter la façon dont les diverses horloges, qui non seulement tapissaient les murs mais encombraient aussi plusieurs tables de jeu pliantes, un vieux lit de camp et les étagères d'une bibliothèque encastrée, accordaient ou désaccordaient leurs pulsations. Il arrivait parfois, rarement, que toutes les horloges de l'atelier parussent battre la mesure à l'unisson. Mais à peine une seconde plus tard, chacune repartait sur son propre rythme distinct, et il ne restait plus à l'impuissante victime de George qu'à retenir ses larmes à l'idée de devoir rester assis, immobile et en silence, à guetter la prochaine harmonie. Les seules lumières de la pièce provenaient d'une petite lampe murale équipée d'une ampoule de quarante watts et du néon de la lampe de bijoutier de George, qui était accrochée au bureau par une pince et pouvait être orientée selon presque tous les angles concevables afin d'éclairer les rouages d'une horloge jusque dans tous ses recoins possibles et imaginables. Cette lumière offrait ainsi sa seule autre source de distraction à l'enfant condamné à assister au rituel mystérieux, exaspérant, glacial et incroyablement peu spectaculaire de la réparation des horloges anciennes : regarder danser la poussière. La lampe de bijoutier faisait briller les particules qui flottaient en apesanteur partout autour des mécanismes assujettis aux mains de l'horloger. Le reste de l'atelier était plongé dans les ténèbres des autres horloges et du papier peint au feuillage éternel, offrant un contraste idéal aux grains de poussière illuminés dont le poudroiement allait se perdre dans le faisceau de la lampe ou traversait son halo de lumière. L'enfant imaginait alors que ces particules étaient des vaisseaux miniatures lancés aux confins de l'espace : le géant est en train de réparer la machine du temps. Il ne nous reste plus qu'à espérer qu'il n'éternuera pas ni ne fera le moindre geste brusque risquant de créer un vortex qui nous ferait partir à la dérive sans espoir de retour. Ce vaisseau n'est fait que de laine et de peaux mortes !

Comment fabriquer un nid d'oiseau : Prenez une fine feuille d'étain d'étameur. À l'aide d'une solide paire de ciseaux, découpez quatre triangles. Les triangles doivent être petits, pas plus d'un centimètre et demi en longueur comme en largeur, moins encore de préférence, si possible. Percez un orifice près de chacun des deux angles à la base du triangle, avec un petit marteau et les clous ou les œillets les plus fins possibles. Une longue et robuste aiguille à coudre serait encore mieux, car elle permettrait de percer un trou encore plus étroit. Pliez chaque triangle le long de la ligne imaginaire qui va de la pointe au milieu de la base. L'angle de pliage doit s'approcher le plus possible de quatre-vingt-dix degrés, au jugé (car l'utilité de l'outil ne dépend pas de l'exactitude de la mesure mathématique). Faites passer dans les orifices de chacune des pièces un morceau de fil de pêche, de ficelle de cuisine ou d'épais fil à coudre. À présent, il faut faire preuve d'une certaine patience ; posez, tour à tour, chaque pièce d'étain ainsi façonnée par-dessus l'ongle de l'index et du pouce de chaque main de manière à ce que la pointe de chaque triangle dépasse le bout du doigt d'environ un demi-centimètre. Attachez chacune des pièces au doigt en enroulant fermement le fil autour de celui-ci au niveau de la première phalange (en prenant garde toutefois de ne pas entraver la circulation). Un certain entraînement peut se révéler nécessaire. Pressez le gras du pouce et de l'index l'un contre l'autre. En les faisant rouler ainsi d'avant en arrière et d'arrière en avant, les deux triangles pliés doivent alternativement se rejoindre et s'écarter : ce sont vos becs. C'est grâce à eux que vous allez ramasser l'herbe, les brindilles, les ornements et autres bouts de ficelle disparates pour les tresser aux branches de l'arbre, du buisson ou du bosquet de votre choix, selon l'espèce à laquelle correspond le nid que vous avez entrepris de fabriquer. (Cette tâche nécessite en elle-même une certaine dose de préparation, et il est conseillé d'étudier le plus grand nombre d'exemples possibles du type de nid souhaité avant de se lancer dans la réalisation de son propre ouvrage. Il serait plus souhaitable encore de passer autant d'après-midi de printemps qu'on puisse se le permettre à regarder les oiseaux eux-mêmes tresser leur habitat ; de telles observations aideront immensément à l'apprentissage du maillage approprié à chaque modèle particulier.) N'oubliez pas cependant que les matériaux utilisés pour la fabrication du nid doivent être réunis et tressés *l'un après l'autre*. Les oiseaux n'amassent pas leurs tas de bois, pour ainsi dire, d'un seul coup, mais recherchent chaque planche, chaque bardeau, un par un. Ces façons d'oiseau pourront paraître absurdes de prime abord à l'artisan visualisant d'avance toutes les étapes de la construction du nid, mais l'on s'apercevra bientôt que les plaisirs d'une telle entreprise n'ont aucunement partie liée avec la notion d'efficacité. (Un autre corollaire souhaitable, à mesure que l'on tresse son nid avec de plus en plus de dextérité, est que l'on finisse par y arriver avec un seul bec, en quelque sorte. C'est alors, cependant, que se présente aussi une autre tentation à laquelle il convient de ne pas succomber – en gardant sa main libre derrière son dos pour se retenir d'offrir aux oiseaux l'assistance d'une main humaine !)

Une fois le nid achevé, qu'allez-vous donc y mettre ? Tout ce qu'il plaira à votre cœur, bien sûr : les œufs que forment des glands dont on a ôté la cupule ; des galets polis par la rivière ; une boucle des cheveux de votre bien-aimée ; les dents de lait de votre premier-né – n'importe quel objet de votre choix pourvu qu'il tienne dans le nid et vous procure du plaisir chaque fois que vous viendrez le regarder. Avec le temps, on pourrait consteller son coin de campagne tout entier de tels nids, renfermant chacun son propre trésor singulier.

Extrait d'une brochure perdue
de Howard Aaron Crosby, avec illustrations
et schémas d'instruction, 1924

Howard entra dans le district nord de Philadelphie à sept heures du matin, un samedi. À neuf heures, il avait vendu sa carriole et sa marchandise pour vingt dollars et s'était fait embaucher comme préposé à l'emballage dans un magasin de la Great Atlantic and Pacific Tea Company. *Le directeur, Harry Miller, m'a demandé mon nom et j'ai pensé : J'ai volé la carriole et tout ce qu'elle contenait pour la vendre comme si elle m'appartenait, donc je ne m'appelle plus Crosby, et je lui ai dit : Lightman, Aaron Lightman, hésitant à conserver mon prénom mais ne voulant pas non plus entièrement perdre mon nom, ne voulant pas trancher le dernier lien, alors j'ai utilisé mon deuxième prénom, et me voici donc allongé dans mon lit auprès de ma femme, non pas Kathleen Crosby, née Black, mais Megan Lightman, née Finn, Aaron Lightman.* Il débuta comme préposé à l'emballage. Il adorait ce travail, l'odeur du papier brun frais et rugueux, les piles de sacs, blocs compacts de pulpe de papier, prélever les sacs au sommet des piles, les ouvrir. Et il adorait remplir les sacs – placer les paquets, les pots, les bouteilles, les conserves, la viande bien à l'abri dans son papier de boucherie, ficelée serré, et les miches de pain frais dans leurs propres emballages. Il s'évertuait à remplir chaque sac tel un puzzle, en faisant rentrer le plus d'articles possible dans ce rectangle creux de trente ou soixante centimètres cubes sans qu'il soit trop lourd à porter pour une femme et en équilibrant le poids à la perfection afin qu'il ne se déchire pas. Dès qu'une femme commençait à étaler ses courses sur le comptoir de caisse, Howard commençait à les trier et à les classer mentalement, de sorte que, lorsque les biscuits, les rôtis et les briques de farine lui arrivaient de l'autre côté de la caisse, il les avait déjà empaquetés dans leurs impeccables sacs de papier brun et il ne lui restait plus qu'à donner consistance à ces sacs imaginaires en les remplissant avec les pommes, les boîtes de lardons et les paquets de sel réels. Deux mois après avoir été embauché, il fut promu directeur du rayon frais et créa un éden de fruits et de légumes. Il bâtit une Thèbes d'oranges, de citrons et de citrons verts. Il fit jaillir des forêts vierges de salade, de brocolis et d'asperges. Il était ensorcelé par les odeurs de cire, d'eau froide et de caisses d'emballage, des pelures et des écorces sous lesquelles sourdait le murmure des pulpes savoureuses. En six mois, il devint directeur adjoint du magasin. Il travaillait sept jours par semaine et écrivait des poèmes vantant les mérites de sa société contre ceux de la concurrence (*Quelle andouille, j'ai rendu mon parquet bien terne, en le cirant avec de la cire Red Lantern*). Il épousa une femme qui s'appelait Megan Finn et qui parlait sans discontinuer depuis l'instant où elle se réveillait – Eh bien, le Seigneur en Sa bonté m'a donc accordé un jour de plus ! devrais-je préparer plutôt des œufs et du jambon ou des pancakes et du bacon ? il me reste quelques myrtilles mais ces œufs ne seront plus bons si je ne les fais pas maintenant et puis je peux toujours garder les myrtilles pour faire un crumble pour le dessert ce soir parce que je sais à quel point tu raffoles du crumble et à quel point la croûte de sucre t'aide à t'endormir pareil que du lait chaud pour un bébé encore au berceau même si je ne sais pas trop pourquoi vu que je me suis laissé dire je ne sais plus où que le sucre avait plutôt tendance à vous donner un coup de fouet mais enfin bon, si ça marche, ça marche, c'est pas moi qui irai pinailler là-dessus – jusqu'au moment de se coucher : Oh ! Encore une journée de pliée et nous voilà bien fatigués, honnêtes, amoureux et heureux comme deux petits pois dans leur cosse, deux petits pois dans leur cosse ! c'est-y pas idiot, ça ? les pois, ça va pas par deux ! ou alors, ça vaudrait pas la peine de les écosser, vu que ça prendrait bien trop longtemps pour en récolter ne serait-ce qu'une cuillerée et alors remplir son assiette de neuf à douze, n'en parlons même pas, c'est comme ça que les aveugles savent où est leur nourriture dans leur assiette, comme une horloge, jambon à six heures et demie ! pain au lait à quatre heures ! oui, parfaitement, c'est comme ça qu'elle faisait, Helen Keller, je parie, exactement comme ça, patates à midi pile ! bonne nuit, mon chéri.

Megan était trieuse dans une usine de conserves. Eh bien, c'est-à-dire que je trie les haricots et les petits pois et les carottes… Oh, c'est bigrement difficile et ennuyeux et puis il faut aller tellement vite ! Boum, voilà les asperges et moi, là tout de suite, il faut que je les trie comme ça par taille, par couleur et par qualité dans des paniers différents – et vite, vite, vite ! – mais c'est pour la bonne cause et puis les conserves, c'est meilleur que le frais – désolée, M. Fruits & Légumes ! – parce que y a plus de vitamines qui s'échappent pendant la cuisson avec la vapeur qui sort de la casserole quand on les fait chez soi au lieu que quand les petits pois sont cuisinés directement en conserve. Je le sais vu qu'ils nous ont dit qu'ils savent qu'y a plus de vitamines dans les petits pois en conserve à cause de toutes les expériences qu'ils ont faites là avec les rats blancs. Il leur faut cinq fois moins de nourriture en conserve que de frais pour pas attraper le scorbut !

Howard lui rapportait des fleurs tous les jours, et des oranges. Chaque soir, avant de quitter le magasin, il s'arrêtait au rayon primeurs et s'attardait un moment devant les étals de fruits, à respirer l'odeur fraîche des citrons et des oranges, leur parfum de zeste. Ces senteurs intenses le revigoraient. Il levait le nez d'un cageot de citrons verts, revivifié et impatient de rentrer chez lui retrouver une épouse qui prononçait tout haut tous les mots qui lui passaient par la tête et ne retenait rien, n'enfermait rien à tournoyer, tourbillonner et s'amasser dans des silences saumâtres, des silences qui se fissuraient comme une fine couche de glace sous vos pieds pour annoncer votre noyade imminente.

George se réveilla au milieu de la nuit. Il n'arrivait presque plus à parler. L'un de ses petits-fils était assis sur le canapé. Il prononça le nom de sa femme : Erma. Quoi, papy ? Erma. À peine un murmure, ce nom paraissait lointain sur ses lèvres. Il ne parvenait plus à donner forme à son souffle, il était incapable de prononcer la première syllabe en posant sa langue contre ses dents du haut, il n'arrivait à sortir que la deuxième syllabe – ma – si bien qu'on avait l'impression qu'il disait Mhma. Mhma. Boire ? Tu veux boire un peu d'eau ? Mhma. Erma ? Tu veux voir nanie ? Mh. Mh. Oui.

Sa femme arriva, quittant le lit conjugal où elle dormait d'un sommeil creux, seule, pendant quelques heures chaque nuit tandis qu'il mourait. Elle portait une robe de chambre en coton bleu ciel à liserés bleu marine. Ses chaussons frottaient sur le parquet en bois du couloir parce qu'elle marchait à petits pas et que le sommeil et la fatigue lui faisaient un peu traîner les pieds. Le frottement cessa quand elle parvint au tapis persan qui recouvrait le sol du salon. S'arrêtant à son chevet, elle se pencha vers lui et lui caressa le visage. Oh, George, tu es le soleil de mon cœur. N'avons-nous pas eu une vie merveilleuse ensemble ? Nous avons parcouru le monde entier ensemble. Elle lui donna à boire un peu d'eau dans un grand verre décoré de motifs d'oiseaux. L'eau lui délia la bouche et il parla. Qui est-ce qui me fait la lecture ? Qui est-ce qui lit ? Qu'est-ce que c'est que ce livre ? Elle dit : Quel livre, George ? Tu as fait la lecture à papy, Charlie ? Charlie dit : Non, nanie. Elle se retourna vers George et dit : Personne ne te fait la lecture, George. George dit : Le gros livre. Non, mon chéri, il n'y a pas de livre ; personne ne te fait la lecture. Il n'y a absolument personne ici.

Les crises de Howard s'espacèrent à Philadelphie. Elles le laissaient toujours abasourdi, lui laissaient toujours cette sensation âcre et brûlée, comme s'il avait été traversé par un feu électrique. Mais, ensuite, il se laissait aller avec plaisir aux soins pleins d'entrain que lui prodiguait Megan. Elle le mettait au lit, lui massait les tempes et lui servait du thé chaud. Parfois, elle lui lisait un passage de l'un de ses romans de quatre sous. Les crises ne l'effrayaient pas. Elle avait lu quelque part que, dans certaines cultures, elles avaient un caractère sacré. Oh, Aaron, mon pauvre, pauvre chéri, celle-ci était vraiment terrible ! J'ai bien cru que notre plus belle porcelaine allait y rester, tellement que les tasses et les assiettes tremblaient dans le vaisselier. Doux Jésus, tu dois te sentir affreusement mal. Allez, mets-toi au lit histoire qu'on te réchauffe un peu. Qu'est-ce que tu sens cette fois ? Un goût particulier dans la bouche ? Des travers de porc, j'espère, vu que c'est ça qu'y a pour dîner ce soir, ou peut-être de la tarte aux pommes, vu que j'en ai fait une ce matin. Je suis tellement contente qu'y ait pas eu trop de sang cette fois. Tu ne t'es pas du tout mordu la langue, n'est-ce pas ? Ce manche à balai marche vraiment très bien. Il est exactement de la bonne taille et puis ça m'étonnerait que tu arrives à le briser entre tes dents. On dirait qu'il a été tout mâchouillé par un chien !

Elle réussit pour finir à le convaincre d'aller voir un médecin, lequel lui prescrivit des bromures qui firent baisser plus encore la fréquence des crises. Seigneur Dieu, je ne sais pas quel genre de sorciers vous avez là-bas au Canada en fait de docteurs, mais ici, aux États-Unis, y a pas à dire, c'est les meilleurs du monde. D'après ce que je comprends, tu peux t'estimer heureux qu'ils t'aient pas abattu comme un chien enragé. Mon chien, Mister Jiggs, a eu la rage quand j'étais petite, il avait la bave qui lui moussait aux lèvres et il courait en cercle autour du jardin en se cassant tout le temps la figure, alors mon père est rentré illico de l'usine avec la carabine de Charlie Weaver et il a abattu Mister Jiggs sur-le-champ, comme ça, et j'ai pleuré pendant une semaine entière. Il était tellement sauvage, ce chien ! Il pourchassait les garçons pour leur mettre le fond de culotte en charpie et il retournait les parterres de fleurs de tous les voisins et puis, pour le dîner tous les soirs, il se boulottait un chat. Pauvre Mister Jiggsy !

Domestica Borealis : 1. Au matin du Nouvel An, nous avons regardé des corbeaux picorer des guirlandes pour leurs nids dans les arbres de Noël abandonnés au bord de la route. 2. Nous avons regardé le cristal de nos fenêtres tisser des dentelles de givre. 3. Nous avons attaché du fil de pêche à des cartes à jouer pour en bâtir un château. 4. Après le dîner du dimanche soir, nous avons revêtu nos toiles de jute et lancé des pommes sauvages à nos jeunes cousins. 5. Nous avons joué à la courte paille, à pile ou face et aux dames chinoises. 6. Quand vint l'heure de répartir les chambres, nous avons déterminé nos choix au bras de fer. Le vainqueur choisit la chambre des fastes, avec ses rois et reines couronnés octroyant leurs bénédictions, ses jokers moqueurs, ses valets aux sourires sournois. Le perdant dut se satisfaire d'un plus modeste espace constitué de cartes de deux, de quatre et de sept, quoique nous fussions tous pareillement fascinés par les trèfles et les pics flamboyants, les carreaux livides, et les cœurs d'un rouge si sanglant qu'ils semblaient presque battre.

George se réveilla pour la dernière fois quarante-huit heures avant de mourir. Il était resté inconscient pendant deux jours. C'est alors qu'il prit la mesure de la situation et éprouva le besoin de dire certaines choses à ses proches. Il y avait 2 400 dollars en espèces cachés dans son établi au sous-sol. L'horloge-banjo Simon Willard accrochée au mur valait dix fois plus qu'il ne l'avait jamais avoué à personne. Il y avait une édition originale dédicacée de *La Lettre écarlate* dans un coffre à la banque. Il aimait tout le monde tendrement.

Il se releva dans son lit alors que ses toutes dernières fonctions vitales avaient commencé à défaillir. Ses poumons étaient pleins de fluide et il avait l'impression d'être en train de se noyer. Quand il essaya de parler, il ne parvint à produire que des bruits évoquant une poulie rouillée tournant au-dessus d'un puits asséché. Il regarda tour à tour les visages assemblés autour de son lit pour appeler au secours. Toute la famille en fut bouleversée, en particulier Marjorie, sa sœur, qui poussa un cri et, sans pouvoir quitter du regard ses yeux écarquillés, se mit à répéter sans fin :

Il a l'air d'avoir tellement *peur*. Il était comme mon *papa*, il a l'air d'avoir tellement *peur*, il était comme mon *papa* – jusqu'à ce que l'un des cousins l'emmène dans la cuisine. Un des petits-fils dit : Détends-toi, papy, ce sera encore plus difficile de respirer si tu paniques. Il hoqueta plus encore, hoqueta plus vite encore. Le petit-fils dit : Je sais ce que c'est, papy ; ça me fait pareil quand j'ai une crise d'asthme. J'ai peur moi aussi, peur de ne pas pouvoir respirer, mais alors je me détends et je finis toujours par retrouver mon souffle. Ça m'arrive, à moi aussi. Il regarda le jeune homme, quelqu'un qu'il connaissait, en qui il avait confiance. Quand ses yeux se refermèrent, il continua d'entendre le gargouillis et de sentir le poids inerte de son corps, mais il se sentit aussi s'en éloigner en sombrant, comme s'il était allongé juste en deçà des contours et des marges de quelque chose qui, jusqu'alors, avait épousé sa forme à la perfection et qu'habiter pleinement signifiait faire partie de ce monde. C'était comme s'il était étendu, visage tourné vers le haut, juste sous la surface de l'eau. Des voix s'élevaient, se dissipaient, et des bruits de corps en mouvement pulsaient au-dessus de lui. Tout paraissait de plus en plus étranger, autre. Il eut tout juste le temps d'entendre encore une voix qui disait : Pas question, pas question ; je ne le ranime plus, maintenant.

Choisissez n'importe quelle heure sur l'horloge. Il est possible, dès lors, de concevoir que le propos de l'horloge soit de ramener les aiguilles jusqu'à ce temps précis, un temps dont, à compter du moment choisi, les aiguilles s'éloignent en glissant le long de tous les autres ornements, calibres et chiffres de l'horloge. Toutes ces autres marques sur le cadran deviennent en elles-mêmes insignifiantes ; elles ne sont plus que des repères indiquant la direction du moment choisi. Il est alors possible, également, de concevoir que chacun des rouages et ressorts de l'horloge possède sa propre fonction intrinsèque, mais au sein d'un plus vaste mécanisme, dont le grand dessein est de revenir au temps choisi. Ainsi l'horloge s'apparente-t-elle à l'Univers lui-même. Car n'est-il pas vrai que notre Univers est un mécanisme constitué de rouages célestes, de tournoyants systèmes de roulement, de fournaises solaires, conspirant tous ensemble à ramener l'homme (et qui sait du reste quels autres voisins échappant à notre connaissance comme à notre entendement !) à cette heure choisie que la Bible qualifie d'Avant la Chute ? Et de même qu'un insecte inconscient, occupé à ramper sur le cadran de cette horloge, est incapable de l'apercevoir en sa totalité, de distinguer la ronde tout entière de ses chiffres, la petite aiguille et la grande (lesquelles traversent son ciel en de prévisibles orbites, jettent des ombres familières et par la seule répétition de leurs cycles offrent certain réconfort, mais, en dernière instance, déconcertent et inspirent à sonder de plus profonds mystères), mais se contente de sillonner la surface dissimulant les engrenages et les ressorts sans la moindre notion sinon la plus indirecte de ce qui se tapit en dessous, de même l'homme frétille et s'agite sur la peau de poussière de notre terre, ignorant tout du dessein du monde, et même du cosmos, outre le fait qu'il en existe un, assigné par Dieu et connu de Lui seul, et qu'il est bon, et qu'il est terrifiant, et qu'il est ineffable, et que seule la foi de la raison peut apaiser les douleurs et les peines désespérées de notre monde magnifique et dépravé. C'est aussi simple, cher lecteur, aussi logique et aussi élégant que cela.

Extrait du *Petit Horloger raisonné*,
du Rév. Kenner Davenport, 1783

Un soir de janvier 1972, l'attention de Howard s'égara alors qu'il était au lit en train de lire. Il imagina sa propre silhouette assoupie, imagina que si l'on pouvait élargir le champ de ce visage paisible à une vue du ciel, on verrait cette forme allongée non pas flotter sur l'immensité d'un sombre océan de sommeil mais gisant à même le firmament, son âme, ou quelque autre nom qu'on se plût à lui donner, dépouillée de son corps, si bien que ce qui paraissait un corps gisant n'était tout simplement que l'image la plus plausible de cette âme diversement nommée, débarrassée de son sel comme une eau de mer évaporée au soleil, de sorte que le corps bien réel, allongé dans le lit, parcouru de soupirs et de marmonnements, en venait quant à lui à prendre l'allure d'une squame, de cette colonne de sel dont parle le mythe, tandis que l'âme, ou quel que fût le nom qu'on lui donne, trouvait le moyen de se raccrocher d'elle-même à sa propre forme originelle, telle une ombre, comme si, quand son incarnation éveillée marchait dans la rue, retournant chez lui après une journée de travail, l'ombre qu'il dessinait, d'un homme portant sous le bras un sac en papier contenant six oranges et, sous l'autre, un petit bouquet de lis, était une version réduite de lui-même, laquelle, libérée de ses deux seules dimensions définies par un obscurcissement de lumière, une giclée de ténèbres, serait devenue autonome et libre de se mouvoir indépendamment de la silhouette projetée par l'homme, et qui peut-être, allez savoir, lorsque le soleil se couchait et que la lampe s'éteignait, quand il n'était plus possible à aucune lumière en vérité de s'infiltrer entre le corps et les plans et surfaces sur lesquels sa forme aurait pu être projetée par le soleil, la lampe ou même la lune, l'était pourtant ; il ne voyait aucune raison de douter que son ombre, pas moins que lui-même, rêvât, pour la simple raison qu'il parvenait à imaginer qu'il était lui-même l'ombre de quelque chose – de quelqu'un – d'autre et que même son sommeil, ses rêves, constituaient peut-être son devoir en tant qu'ombre de quelqu'un d'autre et que, peut-être, quand cet *autre* quelqu'un d'autre rêvait, il était libre de vivre sa vie éveillée, de sorte que toutes ces couches de vies alternées et interdépendantes finissaient par former une sorte de gravure en intaille ; les moments éveillés de chacune des ombres étaient l'envers des heures de sommeil de leur propriétaire. Quand il essaya d'expliquer tout cela à Megan, allongé à côté d'elle dans le lit, un exemplaire du *Grand livre universel de la poésie populaire* ouvert et posé à l'envers sur sa poitrine tandis qu'elle marquait le passage où elle en était des *Pauvres orphelins de Tinsley Grange* en glissant un index entre les pages, elle dit : Ça doit être pour ça que tu n'arrives pas à dormir certaines nuits et que tu fais tous ces affreux cauchemars sur toutes ces grandes maisons obscures pleines de tous ces gens que tu connais mais qui ne te reconnaissent pas, ou sur cette femme et ses deux petites jumelles au fond du lac gelé avec leurs longs cheveux figés tout hérissés dans la glace ; ton ombre a besoin de faire un petit somme et donc toi, il faut que tu te lèves pour qu'elle puisse dormir. Imagine un peu ! Et si ton ombre te réveille *toi* et que toi, tu me réveilles *moi*, alors ça voudrait dire que mon ombre à moi doit elle aussi être en train de faire un somme ! Peut-être que nos ombres sont de mèche, mon petit pois chéri ; peut-être bien que ces petites malfaitrices sont complices, tout comme nous ! Howard dit : Peut-être, ma chérie. Peut-être en effet, et il embrassa Megan sur l'oreille, referma son livre, s'endormit, et mourut.

Quand George commença à mourir, le sang noir reflua dans ses membres. Il quitta d'abord ses pieds, puis le bas de ses jambes. Puis il quitta ses mains. Il n'en fut que très lointainement conscient. Quand son sang le quitta, ce fut comme s'il s'était évaporé ; ce fut comme si le sang s'était transformé en un éther brumeux trop volatil pour contenir ses propres minéraux. Et ainsi s'était-il évaporé, laissant un résidu de sel et de métal dans les canaux de ses veines sèches. Ses jambes exsangues étaient dures comme du bois. Ses jambes exsangues étaient mortes comme des bûches. Ses pieds osseux étaient comme des poids en fonte accrochés à ses jambes par ses veines sèches – ses veines marinées de sel et endurcies de métal, aussi résistantes que du boyau à présent, aussi fortes que des chaînes en acier. C'était comme si l'on pouvait plonger la main dans sa poitrine jusqu'aux vaisseaux mêmes de son cœur, les agripper, tirer dessus et hisser ainsi les lourds os de ses pieds pour les faire remonter le long de ses jambes et de son tronc et les laisser pendre juste en dessous de ce moteur parvenu presque à bout de course, dans l'espoir de les voir peut-être, tirant de toute leur pesanteur sur les artères et les veines et commençant ainsi à redescendre le long du corps, faire tenir un tout petit peu plus longtemps encore cet organe usé. Mais son cœur était friable, érodé, essoufflé. Ses cylindres étaient fusillés. Il était englué de tissus morts. À présent, son sang ne s'écoulait plus dans ses cavités que par infimes gouttelettes, lui qui jadis y avait ruisselé et tourbillonné, choyé, convoyé par le muscle le plus souple et le plus puissant.

Son visage était livide. Il ne montrait plus aucune expression. Certes, on y décelait quelque chose de paisible, ou, plus exactement, il semblait trahir l'imminence de quelque chose de paisible, mais d'une paix qui n'avait rien d'humain. Ce visage captait l'air et le laissait s'échapper en frêles petits hoquets et soupirs. Il ne réagissait plus à la lumière. Des ombres le caressaient, dont il ne retenait que les angles, l'allonge dessinée par le pèlerinage du jour. Les proches de George ne laissaient jamais l'éclat brutal du soleil levant ou couchant frapper directement son visage, bien sûr, mais la façon dont ils ajustaient les rideaux et les stores était une précaution destinée avant tout à eux-mêmes, aux yeux des vivants, à la peau des vivants, et n'avait rien à voir avec le spectre de leur mari, frère, père et grand-père gisant sur le lit d'hôpital. Les sollicitudes humaines ne le concernaient plus, car on ne pouvait plus désormais lui en témoigner qu'en lui offrant un surcroît de confort physique, or le confort physique était aussi insignifiant pour lui (pour ça, car tel est ce que contemplait sa famille à présent – le ça qui jadis avait été lui –, du moins dans la mesure où ce lui, quoique encore incarné par le ça bataillant, s'évanouissant, mourant, s'enfonçait dans des abîmes lointains, très loin de ce salon où se pressaient une sœur en pleurs, des filles, une épouse et des petits-enfants, tandis que le ça n'offrait plus de la vie humaine qu'une pantomime), lui était aussi insignifiant à présent qu'il l'eût été pour l'une de ses horloges, qu'on eût étendue à sa place dans le lit pour l'épousseter et la passer au baume apaisant de l'huile de lin, livrée à tous les soins et vouée au deuil avant même d'être devenue *était* (car c'est ainsi que les vivants se préparent, ou essaient de se préparer, à l'inconnaissable *était* – en imaginant l'*était* à mesure qu'il se rapproche ; ou peut-être serait-il plus vrai de dire qu'ils portent le deuil à cause de l'inévitabilité de l'*était* et qu'ils projettent leur propre terreur, la terreur humaine que leur inspire leur propre *était* à venir, sur le ça déjà si proche de l'*était* qu'il refuse, ou n'est tout simplement plus capable, de se laisser embrasser par leur chagrin humain) à l'heure où ses ressorts cassés se disloquaient ou que ses poids en fonte s'abaissaient pour la dernière fois, irréparablement.

Croyais qu'il était une horloge, était comme une horloge, était comme le ressort d'une horloge qui explose en se cassant quand il avait ses crises. Mais il n'était pas comme une horloge ou du moins n'était comme une horloge qu'à mes yeux. Mais aux siens ? Qui peut le dire ? Ainsi donc, ce n'est pas lui qui était comme une horloge mais moi.

Il arriva deux choses en 1953 : la nouvelle autoroute fédérale fut ouverte et la mère de la seconde femme de Howard tomba malade à Pittsburgh. Megan lui dit qu'il ne pouvait pas l'accompagner à Pittsburgh. Maman était la plus stricte des catholiques et si jamais elle découvrait que sa fille avait épousé le fils d'un pasteur méthodiste, tout espoir de guérison, s'il lui en restait un, serait perdu à jamais. Maman mourrait en crachant mon nom au milieu d'un torrent d'imprécations, dit-elle. Cela signifiait qu'il devrait passer Noël seul. Megan lui prépara un gâteau à la banane et un pain de viande. Il l'emmena à pied à la gare routière et l'aida à monter dans le bus de quatre heures et demie desservant toutes les escales jusqu'à Pittsburgh. Elle parla tout le long du chemin. Elle ouvrit la fenêtre du bus pour lui dire de sortir la glace à la vanille du congélateur un quart d'heure avant de la servir avec son gâteau, que ça la ferait fondre juste assez, comme il aimait, et elle dit : Je t'aime. Il dit : Tout ira bien, tout ira bien, encore éberlué qu'elle eût une mère à Pittsburgh. Vingt-cinq ans qu'elle avait une mère à Pittsburgh.

Cinq mois plus tôt, l'autoroute fédérale avait été achevée. Elle grimpait tout le long des rives de la côte est. Immigrés, vagabonds, travailleurs manuels avaient buriné, creusé, dynamité et écorché la terre pour y éventrer un passage à travers forêts, fleuves et gorges, montagnes et marais, et pavé cette tranchée de gravier frais avant de la recouvrir d'une couche brûlante de bitume, puis de l'aplanir, de la laisser refroidir et de peindre une longue ligne droite au milieu. Ces nouvelles autoroutes géantes avaient des nombres en guise de noms. La veille de Noël, il fourra un sandwich au pain de viande et six bouteilles de soda dans un sac en papier, ainsi que son nécessaire de toilette, et appela son ami des magasins A&P, Jimmy Drizos. Il demanda à Jimmy s'il pouvait lui emprunter sa voiture, une vieille Ford berline. Jimmy dit : Bien sûr, bien sûr. J'ai la belle-famille qui débarque cette année. Bien sûr, mon vieux, aucun problème. Il prit le bus pour se rendre chez Jimmy Drizos, dans le quartier grec de la ville. Jimmy était en train de remplacer des ampoules sur des guirlandes électriques qu'il avait tressées autour de la rambarde du petit escalier menant à son appartement. Jimmy lui proposa un verre. Il dit : Non merci, Jimmy, non. Jimmy lui proposa quelque chose à manger à emporter chez lui. Il dit : Merci, Jimmy, merci, à toi et à ta femme. Jimmy lui donna les clés et une assiette de ragoût d'agneau et dit : Mollo sur l'embrayage, mon vieux. Il hocha la tête, appuya sur l'embrayage et laissa la voiture sortir toute seule de l'allée en roulant au point mort. Il passa la première et relâcha la pédale d'embrayage tout en appuyant sur l'accélérateur. La boîte de vitesses vrombit, tressauta, puis se bloqua. La voiture fit un bond en avant et s'arrêta net. Jimmy Drizos, planté en haut de son escalier, une ampoule de décoration de Noël dans chaque main, cria : Bah, alors, mon vieux, t'as bu ou quoi ? et se mit à rire. Howard lui adressa un petit signe, repassa la première, et roula à dix kilomètres-heure jusqu'au coin de la rue, continua, tourna, et cala de nouveau, cette fois à l'abri des regards de Jimmy. Il passa quatre heures à cahoter dans les rues de Philadelphie en cette veille de Noël, le temps d'apprendre tout seul à conduire. À neuf heures du soir, sous la neige légère qui s'était mise à tomber, il se lançait sur l'autoroute au volant de la Ford de Jimmy Drizos, en direction du nord.

Le secret que lui avait caché Megan était qu'elle avait une mère à Pittsburgh. Le sien était qu'il avait retrouvé la trace de sa première famille et suivi leurs pérégrinations dans toute la Nouvelle-Angleterre. Il avait appelé les bureaux de poste pour se faire confirmer des adresses. Il avait appelé les opérateurs pour obtenir de nouveaux numéros de téléphone. Lorsque son fils George s'installa à Enon, dans le Massachusetts, l'opérateur lui signala qu'il y avait là deux G. Crosby. Howard appela le premier numéro. Une vieille femme décrocha et dit : Madame Gus Crosby, j'écoute ? Qui est à l'appareil ? Howard raccrocha et inscrivit le second numéro dans son répertoire.

Quelque part dans le Connecticut, il s'arrêta et dormit à l'arrière de la Ford pendant quatre heures. Il se réveilla mort de froid. Il s'était arrêté derrière une station-service. Il prit son nécessaire et alla dans les toilettes de la station. Il se lava les dents, se peigna et se frictionna les cheveux avec une giclée d'eau de Cologne, puis se rasa avec le rasoir à main que son père lui avait offert quand il avait seize ans et qu'il avait toujours pris si grand soin d'affûter que la lame pouvait encore de par son seul poids vous entailler la peau. À midi, il quitta l'autoroute en prenant la sortie 24. Il tourna à gauche et suivit Main Street pendant cinq kilomètres. Il tourna de nouveau à gauche sur Arbor Street et ralentit, attentif aux numéros de rue marqués sur les portes et les boîtes aux lettres. Il arriva en vue d'une petite maison Cape Cod jaune aux volets verts. Sur la boîte aux lettres plantée au bout du chemin dallé qui menait à la porte était écrit GEORGE W. CROSBY. Sans couper le contact, Howard sortit de la voiture, descendit l'allée et frappa à la porte de son fils.

Homo Borealis : 1. Nous écorcions des arbres morts et le bois tendre au-dessous était pâle comme de la sciure et parfois recouvert d'étranges motifs qui ressemblaient à des inscriptions qu'on eût gravées dans le bois à l'aide d'un stylet ou d'un petit outil tranchant avant de replacer l'écorce sur le tronc – un cuir rugueux, une peau d'échardes protégeant un langage secret. Ces hiéroglyphes s'offraient à nous comme des révélations, comme des messages déposés là à notre seule intention pour que nous puissions les découvrir, en sonder le mystère, les tâter et les gratter du bout de nos bâtons mais sans jamais les comprendre, puis les abandonner là, tels des totems, en attendant que les trouvent ceux à qui ils étaient véritablement destinés, au moment de rebrousser chemin dans le fracas des broussailles. 2. Nous inventions des histoires sur des hommes à la peau tatouée d'instructions obscures et importantes. Ces tatouages avaient été encrés en profondeur et l'on reconnaissait ces hommes aux longues cicatrices rectilignes qu'ils portaient dans le dos, qu'il fallait rouvrir pour écarter les pans de peau comme des portes et dévoiler parmi l'entrelacs des muscles les écritures secrètes. Bien sûr, ces hommes ne savaient pas qu'ils étaient les portefaix de ces signes. Et bien sûr, ceux qui étaient censés lire ces messages devaient s'atteler à la tâche très longue et difficile de déchiffrer des pistes et des directives tortueuses afin de trouver ces envoyés spéciaux, afin de protéger à la fois l'homme et le message. Le guetteur trouvait le messager ; il reconnaissait soudain le messager alors que celui-ci était en train d'essayer de lui vendre un vieux cheval, ou de lui servir le petit déjeuner dans une auberge, ou de se plaindre des hommes politiques pendant la pause-café du matin. 3. Ces histoires étaient incultes. Nous avions fini par percevoir l'imbécillité qu'il y avait à mettre l'inconnu sur le compte de cabales secrètes, de conspirations. Tout était presque toujours obscur. La clarté se dévoila d'elle-même, le moment venu, et cela suffit à notre satisfaction. Nous bâtîmes notre ville, dès lors, avec tout ce que nous trouvions sur notre chemin, avec tout ce à quoi nous nous heurtions en chemin, et ainsi nous prîmes résidence dans des huttes de cheveux, dans des nids de papier d'emballage et de décoration et de bouts de ficelle que nous enroulions autour de noix pour les accrocher aux plafonds avec un morceau de scotch ou de vieux chewing-gum parce que tous les fils étaient différents selon les rouleaux que nous trouvions. La mairie fut construite avec des pailles (certaines coudées, d'autres non), des enjoliveurs et l'aluminium de paquets de cigarettes. Un nombre indéterminé de personnes vivait dans le creux des arbres sous des tentes confectionnées avec les journaux du dimanche brunis et vieillis par le soleil. Quand il pleuvait, ces bâtisses gonflaient puis partaient à la dérive, transformées en bouillie de papier, et les habitants se séchaient au soleil quand celui-ci revenait puis recommençaient à glaner des conserves en fer-blanc, des pièces, des boîtes d'allumettes et des bateaux faits de papier graisseux dans lequel avaient jadis été servis des frites et des beignets d'oignon. 4. La mer verte vira au gris et sa surface roula comme une membrane. Quand nous plongions pour pêcher des coquillages, elle s'ouvrait devant nous sans opposer de résistance et se refermait derrière nos orteils tendus. Nous tâtonnions, aveugles, les parois lisses de son corps de graphite, fouillant son sable et remontant avec des galets polis dont nous faisions des parures de vent et de brume, et ce qu'il en demeurait dans nos cheveux quand nous crevions la surface filait comme du vif-argent et s'en allait rejoindre le reste de la mer, unie, moléculaire, nappée, atomique. Nous voyagions en cosses. Nous percions la surface et entrevoyions des falaises à pic, des colonnes de silex coiffées de pins, boréales. Nous vîmes des plages de neige et des tempêtes de sable. 5. Quand vint l'heure de mourir, nous le sûmes et allâmes nous enfoncer dans de profonds jardins, où nous nous allongeâmes et nos os se changèrent en laiton. Nous fûmes ramassés. Nous fûmes utilisés pour réparer des horloges, des boîtes à musique cassées ; nos pelvis furent fixés à des pignons, nos échines soudées en de vastes assemblages. Nos côtes servirent de dents de crénelage, battant et cliquetant comme des défenses. C'est ainsi, enfin, que nous fûmes réunis.

La dernière chose dont George Washington Crosby se souvint au moment de mourir fut le dîner de Noël 1953. On avait sonné à la porte alors que lui-même, sa femme et ses deux filles – Betsy et Claire, les deux filles à présent assises à son chevet, hagardes, pâles, épuisées ; les filles qu'il aimait et qui, comprit-il alors, resteraient les petites filles de leur papa aussi longtemps qu'il le leur permettrait, autrement dit jusqu'au jour de sa mort, autrement dit jusqu'à aujourd'hui – s'apprêtaient à passer à table. Au moment de mourir, il ne se souvint pas de s'être levé en marmonnant : Bon Dieu de bois, qu'est-ce que c'est encore ? et d'être allé ouvrir la porte. Il se souvint de la façon dont tout le temps séparant le garçon de douze ans qu'il avait été et l'homme mûr, le mari et le père qu'il était devenu s'était soudain contracté, réduit à rien, quand il avait reconnu, sous les traits du vieil homme debout sur le seuil, son père, qu'il n'avait pas vu depuis le jour où cet homme, son père, Howard Aaron Crosby, passant un soir devant la maison familiale de West Cove, dans le Maine, de retour de la tournée quotidienne qui l'emmenait par les chemins de traverse vendre ses brosses et son savon aux matrones de l'arrière-pays, et apercevant sa famille dans la pénombre par la fenêtre de la cuisine, avait cravaché sa mule, Prince Edward, avec son bâton en bois de caryer, et poursuivi sa route à bord de sa carriole pour ne s'arrêter qu'une fois arrivé, anonyme, à Philadelphie.

Son père était assis au bord du canapé, son chapeau sur les genoux, tandis qu'on entendait ronronner, dehors, le moteur de sa voiture d'emprunt. Le repas était servi, fumant sur la table, et il dit que Non, non, il ne pouvait pas rester. Il prit des nouvelles : Tu te portes bien ? Comment vont tes sœurs ? Ta mère ? Joe ? Oh, je vois. Et qui est cette demoiselle ? Ah, Betsy. Et toi ? Claire, oui. Oui, oui, bien sûr que tu es timide – je suis un étrange vieux monsieur, oui. Ma foi, non, il vaudrait mieux que j'y aille. Content de t'avoir revu, George. Oui, oui, sans faute. Au revoir.

MIXTE
Papier issu de sources responsables
FSC® C003309
FSC
www.fsc.org

10/18, une marque d'Univers Poche,
est un éditeur qui s'engage pour
la préservation de son environnement
et qui utilise du papier fabriqué à partir
de bois provenant de forêts gérées
de manière responsable.

Impression réalisée par

CPI
BRODARD & TAUPIN

La Flèche (Sarthe), 68225
Dépôt légal : avril 2012
X05458/01

Imprimé en France